결국,　　잘 흘러갈 겁니다

결국, 잘 흘러갈 겁니다

그물에 걸리지 않는

바람처럼

자유롭고 지혜롭게

사는 법

백성호 지음

중앙books

나는 누구인가
왜 사는가
그 답을 찾아가는 책

올해 여름이었다. 세계 스카우트 잼버리 대회에 참석한 독일 대원 40여 명이 폐영 후 속리산 법주사에서 템플스테이를 했다. 짧은 기간이었다. 그렇지만 한국 불교와 스님들의 생활에서 많은 것을 느끼고, 또 부러웠던 모양이다. 허락이 되면 자신들도 한국에 와 스님이 되고 싶다고도 했다. 스님들의 만류에도 불구하고, 40명 중 8명이 삭발을 했다는 뉴스를 보았다. 세계에서 교육과 문화 수준이 가장 높은 그들이 왜 그런 정신적 공허감을 느꼈을까?

내 세대에는 어릴 때부터 국가와 사회를 위해 무엇을 할 것인가에 대한 생각을 가지고 자랐다. 시인 윤동주, 소설가 황순원도 그랬다. 사회 속 자아의 존재 의미와 가치가 뚜렷했다. 그런데 현대사회는 다르다. 군중 속에서 자아의식을 상실하기 쉬운 사회다. 그 독일 젊은이들은 아마도 '나는 누구인가. 무엇을 위해 어떻게 살아야 하는가'를 묻고 싶었을 것이다. 자기다운 삶이 불가능하다고 느낄 때, 자아의 존재가치를 찾고 싶었을 것이다.

우리는 무엇을 위해 어떻게 살아야 하며, 또 어디서 그 해답을 얻을 것인가? 저자는 수천 년의 역사를 지닌 종교와 그동안 인생의 문제 해결을 위해 노력해 온 선인들의 안목에서 그 가르침을 찾고 있다. 해결은 독자의 몫이지만, 문제 제시와 해결을 위한 중요한 암시를 이 책에 남기고 있다.

생각을 함께하면 그것은 곧 사회와 역사의 공동가치가 된다. 이 책을 통해 많은 독자들이 인생에 대한 답을 찾아가는 데 도움을 받기를 바란다.

2023년 초가을에
김형석

들어가는 말

한 발짝 뚝 떨어질 때
삶의 큰 그림이 보인다

올해 여든 살의 노장인 무비 스님은
삶을 바둑에 빗대어
이렇게 말했습니다.

"사람들이
자기 바둑을 둘 때는 수를 놓칠 때가 많은데
남의 바둑에 훈수를 둘 때는 수가 잘 보인다."

'나'와 '내 인생'이라는 사실에
집착을 가지다 보면

큰 그림을 못 볼 때가 많습니다.
눈앞에 놓인
복잡다단한 상황만
아주 크게 다가올 뿐입니다.
결국
그 속에서 허우적거리다
길을 잃게 마련입니다.

그러니
한 발짝 뚝 떨어져 보세요.

남의 바둑판을 보듯이
그렇게 한 발짝 떨어지면
나도 모르게 여유가 생깁니다.

그런 여유에서 항상
지혜의 안목이 올라옵니다.
그 안목으로
삶의 바둑돌을 놓아보세요.

그때부터
삶의 걸음걸이가
수월하게 흘러갈 겁니다.
그물에 걸리지 않는
바람처럼 말입니다.

아울러
문제만 보이던 바둑판에서
답도 보이기 시작할 겁니다.

결국,
모두 잘 흘러갈 겁니다.

2023년 백성호

차 례

1장

행복은 이미 곁에 있습니다
알아차리지 못했을 뿐

2장

구분과 아집 없이 바라볼 때,
비로소 우주를 볼 수 있습니다

3장

궁리하고, 바라보고, 버릴 줄 안다면
곧 자유로워집니다

행복은 이미 곁에 있습니다

알아차리지 못했을 뿐

1.

17명의 인문학 고수들이
이야기한 '행복의 비밀'

_____ #궁궁통1

궁금했습니다.

행복이란 무엇일까.

사람마다 생각하는

행복의 조건이 다르고,

사람마다 꿈꾸는

행복의 풍경이 달랐습니다.

그래도 무언가
공통분모가 있지 않을까.
그런 물음표를 안고
국내에서 내로라하는 인문학자 17명을
만난 적이 있습니다.

심리학자부터 종교학자, 천체물리학자, 역사학자,
철학자, 교육학자, 미학자, 생물학자 등
17개 인문학 분야의 고수들을 만났습니다.

혹자는 묻더군요.
천체물리학은 과학이 아니냐.
과학이 어떻게 인문학이냐고 말입니다.
사실 '인문학(人文學)'의 정의는
'인간에 관한 학문'입니다.

그러니 문과와 이과를 나누어서
문과 쪽만 인문학이라고 보는 건
너무 협소한 관점이 아닐까요.

인간에 관한 학문,

그 모두가 저는 인문학이라고 봅니다.

왜 고수를 만났느냐고요?

나름대로 자신의 분야를 뚫은 사람을

우리는 '고수(高手)'라고 부릅니다.

그런 사람은 전체를 바라보고

핵심을 짚어내는 안목이 있기 때문입니다.

심리학의 창,

종교학의 창,

천체물리학의 창,

역사학의 창,

뇌과학의 창 등을 통해서

바라보는 행복은 과연 어떤 걸까.

거기에는 어떤 공통된

무언가가 있을까.

만약 있다면,

정말 공통된 무언가가 있다면,

'행복'이란 파랑새를 찾아가는 사람들에게
작은 이정표라도 줄 수 있지 않을까.
그런 기대를 안고서
17명의 인문학 고수들을 만났습니다.

_____ #궁궁통2

1주일에 한 명씩,
거의 다섯 달 가까이 고수들을 만나서
인터뷰를 했습니다.

제게는 무척 흥미로운 시간이었습니다.
왜냐고요?
그들이 바라보는 창(窓)은
무척이나 달랐거든요.
사용하는 단어도 다르고,
적용되는 문법도 다르고,
그들이 가진 인문학의 정서도

사람마다 달랐습니다.

천체물리학자는
빅뱅과 별, 우주와 순간을
이야기했습니다.

심리학자는 상처와 온전함,
그리고 마음을 말했습니다.

뇌과학자는 선택과 불일치,
그리고 인간의 극복 여정을
이야기했습니다.

과학철학자는 세상과 호기심,
그리고 틀에 갇히지 않는
생각에 대해서 말했습니다.

역사학자는 1000년을 뛰어넘는 시간,
과거와 미래, 그리고 세상의 평(平)에 대해서
이야기했습니다.

인문학자들이 바라보는 창은
각자 다 달랐습니다.
각자의 창을 통해서 바라보는 바깥 풍경.
그 역시 달랐습니다.

그럼 행복은 어떨까요.
그 풍경 속에 서 있는 행복에는
과연 공통분모가 있을까요.

진리는 하나입니다.
만약 진리가 둘이라면
그건 진짜 진리가 아니겠지요.

진리는 모든 걸 관통하는데,
그게 둘이라면 절반만 관통할 테니까요.

하나의 진리,
그렇지만 그 진리에 오르는 길은

여럿이라 생각합니다.

인간의 역사, 문화, 전통, 자연환경에 따라서

하나의 진리이지만,

찾아가는 길은

각자 다를 수 있다고 봅니다.

그렇다고 정상에서 모이는

하나의 꼭짓점이 달라지진 않습니다.

행복도 그랬습니다.

17개의 인문학,

저마다 가리키는 손가락의 모양은 달랐지만

그 끝에 서 있는 '행복'이란

달은 다르지 않았습니다.

_____ #궁궁통4

천체물리학자는 이렇게 말했습니다.

"빅뱅 이후 펼쳐진

우주의 역사는 138억 년이다.

그 어마어마한 시간 속에서

생명의 진화가 있었다.

그 진화의 끄트머리에 서 있는 게

다름 아닌 인간이다.

이러한 우주의 도도한 흐름,

그 끝에 지금 내가 서 있다.

다시 말해, 내가 존재하기 위해서

138억 년이란 우주의 시간이 필요했다.

그걸 생각하면

삶은 한번 살아볼 만하지 않으냐는

희망과 용기가 생긴다."

생물학자는 이렇게 말했습니다.

"야생의 동물은 자연을 따라서 산다.

아니, 이미 그들이 자연이다.

루소는 '자연으로 돌아가라'고 했다.

미안하지만,

인간은 자연으로 돌아갈 수가 없다.

대신 자연으로부터 배울 수는 있다.

자연에는 행복도 있지만 고통도 있다.

죽고 죽이는 살육의 파티도

자연의 일부로 존재한다.

그게 자연의 속성이다.

그런데 인간은 편안함과 행복감만

누리려고 한다.

자신이 원하는 달콤함만 맛보려고 한다.

정말 자연으로부터 배우고 싶은가?

그렇다면 행복과 함께 고통도 배워야 한다.

고통을 받아들일 수 있을 때,

우리는 행복에 대해서도 열리게 된다.

삶과 죽음,

아름다움과 추함도 마찬가지다.

한쪽만 편식할 때,

우리는 양쪽 모두에 대해 막히게 된다."

이런 식의 인터뷰를 하나, 둘,
마침내 열일곱 개를 모두 마쳤습니다.
그리고 저는 눈을 감았습니다.

무엇일까.
17명의 인문학자, 열일곱의 인터뷰를 모두 마친 뒤
내가 바라보는 '행복의 달'은 어떤 모습인가.

있었습니다.
분명하게 있었습니다.
그들이 말하는 '행복'을 관통하는
하나의 메시지가 있었습니다.
삶의 행복,
그 행복의 파랑새가 어디에 있는지에 대한
또렷한 메시지가 있었습니다.

그동안 우리는 파랑새를
멀리서만 찾았습니다.

세월이 많이 흐른 미래의 어느 한 지점에서
찾았습니다.
그때는 내가 행복하겠지,
라고 생각하면서 말입니다.
왜 그럴까요?
내 주위에는 파랑새가
보이지 않기 때문입니다.
그 새의 울음소리도 들리지 않기 때문입니다.

그런데 말입니다.
17개의 인문학 인터뷰,
그 모두를 관통하는
하나의 메시지는 이랬습니다.

"행복해지고 싶은가?
그렇다면
당신에게 이미 주어져 있는
행복을 음미할 줄 알아야 한다."

자연에는 고통과 행복이
공존합니다.
인간의 삶도 그렇습니다.
왜냐고요?
인간도 자연의 일부이니까요.

저는 콤비네이션 피자 한 판이
생각났습니다.
집으로 배달된 피자를 열어보면
조각이 여럿입니다.
토핑에 따라 맛도 여럿입니다.

우리의 삶도 그렇지 않나요.
콤비네이션 피자처럼 섞여 있습니다.

행복의 순간을 들여다보면
거기에도 고통의 조각이 있고,
고통의 순간을 들여다보면

거기에도 행복의 조각이 있습니다.

그럼에도 불구하고
고통의 조각만 택해서 편집을 한다면
어찌 될까요.
그 사람은 불행한 삶을
살 수밖에 없겠지요.

반면 힘들고 고통스러운 순간에도
나에게 이미 주어진
행복의 조각을 맛볼 줄 아는 사람이라면
어떨까요.
그 사람은 행복하게 사는 법을
아는 사람이겠지요.

그러니 파랑새는 멀리 있지 않더군요.
이미 내 주머니 속에 앉아 있습니다.
다만, 그 새를 바라볼 줄 알고,
새의 노래를 들을 줄 알고,
자유로운 날갯짓을

맛보며 감상할 줄 아는 일은
전적으로 나의 몫이더군요.

고통과 행복이 섞인
콤비네이션 피자에서
나는 고통의 조각만 골라서
편식을 할 것인가,
아니면
내 앞에 이미 놓여 있는
행복의 조각도 맛보며 살 것인가.

"인간은 정말 행복할 수 있는가?"

이 물음은 결국
나에게 이미 주어진 행복을
음미할 줄 아는가,
음미할 줄 모르는가의 문제더군요.

2.

'103세 철학자'
김형석 교수가 말하는
"자녀 교육의 핵심"

_____ #궁궁통1

김형석 교수는 올해 한국 나이로 103세입니다.

가끔 인터뷰를 할 때마다 건강하신 모습에 놀랐습니다.

지팡이도 짚지 않더군요.

인터뷰 내내 편안하면서도

꼿꼿한 자세로 질문을 척척 받아내는 모습은

"아, 이분이 정말 실력자구나"라는 탄성을

제 안으로 자아내게 합니다.

저는 교수님과 인터뷰하는 시간이 참 즐겁습니다.

왜냐고요?

그 시간이 귀하기 때문입니다.

100년의 세월을 훌쩍 넘어간 현자(賢者)와 마주하는

느낌은, 음… 뭐랄까요.

마치 상당히 신뢰도가 높은 삶의 답안지와 마주하는

기분입니다.

교수님이 내놓는 답은 늘 간결합니다.

그런데 그 간결함 속에는

정제되고 응축된 엑기스가 담겨 있습니다.

삶에 대한 지혜의 엑기스 말입니다.

김형석 교수의 책『김형석의 인생문답』은

누구나 마주치는 인생의 31가지 물음에 대한

교수님의 답을 기록한 책입니다.

31가지 물음 중에서

제 눈길을 끈 물음은 '교육'이었습니다.

다들 고민입니다.

아이를 어떻게 키워야 하나,

이쪽을 따라가자니 저걸 놓치는 것 같고,

저쪽을 따라가자니 이걸 놓치는 것만 같습니다.

그래서 불안합니다.

나만 정보에서 소외돼 있는 건 아닌가,

우리 아이만 뭔가 중요한 걸 놓치고 있는 건 아닌가.

결국 많은 사람이 가는 쪽으로 따라가려고 애를 씁니다.

그게 그나마 불안감이 덜하기 때문입니다.

그런데 따라가면서도 정확히 알지는 못합니다.

이 길이 맞는지, 아니면 틀린지 말입니다.

김형석 교수는 6남매를 키웠습니다.

궁금하더군요.

교수님은 자녀 교육을 할 때

가장 중요한 키워드가 무엇이었을까.

우리가 이 물음을 던지기 전에

교수님은 우리에게 먼저 물음을 하나 던졌습니다.

"부모가 자식을 사랑한다고 할 때,

무엇을 사랑하는 걸까요?"

저만 그런 걸까요.

대다수 부모가 이 물음 앞에서 '멈칫'하지 않을까요.

나 자신에게 정식으로 물어본 적도 없고,

그렇다고 깊게 생각해 본 적도 없습니다.

부모가 자식을 사랑하는 건 당연하잖아,

혹은 부모의 자식 사랑 그건 본능이잖아.

이 정도의 결론을 미리 내려놓고

정작 제대로 물어본 적은 없었습니다.

그럼 지금이라도 물어보면 어떨까요.

부모가 자식을 사랑한다고 할 때,

우리는 무엇을 사랑하는 걸까요?

아마도 다들 이렇게 답하지 않을까요.

"자식의 행복"이라고 말입니다.

그런데 우리는 알지 못합니다.
그 행복에 어떡하면 닿을 수 있는지 말입니다.
그래서 눈에 보이는 대충의 목표를 설정합니다.
좋은 학교, 좋은 직장, 좋은 집, 좋은 결혼 등입니다.
일종의 보험입니다.
그걸 갖추면 '자식의 행복'에 근접하지 않을까,
그런 기대를 하면서 말입니다.

막상 주위를 돌아보면 참 아이러니 합니다.
좋은 학교, 좋은 직장, 좋은 집,
좋은 결혼을 성취했는데도
부모와 자식의 관계가 썩 좋지 않은 이들을
우리는 종종 봅니다.
그런 목표를 좇는 과정에서 부모와 자식이
오히려 서로에게 상처를 주고,
또 상처를 받는 이들이 꽤 많습니다.
도대체 어디에서부터 잘못된 걸까요.

저는 김형석 교수가 던진 물음에 대한 답이

더욱 궁금해졌습니다.

우리는 정말 자식의 무엇을 사랑해야 하는 걸까요?

_____ #궁궁통3

김형석 교수는 6남매를 키웠습니다.

자녀를 키우면서 교수님은 어땠을까요.

교수님의 답은 이랬습니다.

"상대방의 자유를 사랑해야 합니다.

그래야 우리는 누군가를 진정으로 사랑할 수 있

습니다."

김형석 교수가 꺼낸 자녀 교육의 핵심 키워드는

다름 아닌 '자유'였습니다.

곰곰이 생각해보면 참 맞는 말입니다.

우리가 누군가를 사랑한다고 할 때,
그 사람의 자유를 소중히 여기지 않고서
어떻게 사랑한다고 말할 수 있을까요.

'사랑의 밧줄'이라는 유행가에는
이런 가사도 있습니다.

"밧줄로 꽁꽁, 밧줄로 꽁꽁
단단히 묶어라.
내 사랑이 떠날 수 없게~."

정작 꽁꽁 묶인 사람에게 물어보면 어떨까요.
"나는 사랑을 받고 있다"고 답하진 않겠지요.

김형석 교수는 우리에게 이렇게 되묻습니다.

"당신의 아이를 사랑한다고 할 때 무엇을 사랑합
니까.
아이의 성적입니까, 아니면 아이의 재능입니까.
아이의 무엇을 사랑하는 겁니까?"

이제는 우리 차례가 아닐까요.

이 물음에 답해야 할 때가 아닐까요.

지금도 늦지는 않을 테니 말입니다.

_____ #궁궁통 4

교수님은 자녀 교육의 핵심 키워드가

"자유"라고 했습니다.

아이의 자유를 존중해주는 것이라고 했습니다.

'자유'란 어찌 보면 추상적 개념입니다.

그럼 김형석 교수가 말하는 '자유'란 구체적으로

무엇을 말하는 걸까요.

우리가 실생활에서 아이의 자유를 사랑하려면

무엇을 어떻게 해야 하는 걸까요.

이 물음에 교수님은 이렇게 답했습니다.

"자유는 다름 아닌 '선택'입니다.

'이걸 해! 저걸 해!'가 아니라

'이런 것도 있고, 저런 것도 있어.

너는 어떤 걸 선택할래?'라고

아이에게 물어보는 겁니다.

그게 아이의 자유를 소중히 여기는 겁니다."

들고 보니 비단 어린아이에게만 해당하는

삶의 조언이 아닙니다.

아이가 청소년이 되고, 청년이 되고,

장년이 되고, 노년이 된 뒤에도

부모와 자식 간에 작동하는

소중한 삶의 지혜입니다.

그렇게 선택의 기회를 줄 때

아이에게 근육이 생긴다고 했습니다.

삶을 헤쳐나갈 힘이 생긴다고 했습니다.

만약 선택의 기회를 주지 않으면

어떻게 될까요.

아이의 자아가 없어진다고 했습니다.

자신의 중심이 사라진다고 했습니다.

결국 스스로 생각하고,

스스로 결정하고,

스스로 선택하고,

스스로 헤쳐가는 삶.

자녀에게 그걸 주라고 했습니다.

그렇게 '선택의 기회'를 주라고 했습니다.

그게 자유라고 했습니다.

그게 사랑이라고 했습니다.

어찌 보면 쉽고,

어찌 보면 참 어렵습니다.

아이의 선택이 내 생각과 다를 수도

있으니 말입니다.

그럼에도 불구하고 아이에게 선택의 기회를 주고,

선택할 자유를 소중히 여기는 일.

교수님은 그걸 "사랑"이라고 불렀습니다.

그게 자녀 교육의 핵심이라고 했습니다.

김형석 교수와 인터뷰를 할 때였습니다.
마주 앉은 교수님은 부모와 자식의 관계를
이렇게 빗댔습니다.
저는 이 비유가 두고두고 잊히지 않습니다.

"자식이 아주 어릴 때는 보호해줘야 합니다.
조금 더 자라면 유치원에 다닙니다.
그럼 부모와 자식이 손잡고 같이 갑니다.
스승과 제자가 같이 다니듯이 말입니다."

김형석 교수는 사춘기까지 그렇게 다니라고 했습니다.
그럼 그다음에는 어떻게 다녀야 할까요.

"사춘기 다음에는 아이를 앞세우고
부모가 뒤에 갑니다.
선택은 네가 해라.
자유는 선택의 기회를 갖는 거니까.
엄마 아빠는 너를 사랑하니까.

이러면서 말입니다.

저는 거기에 사랑이 있다고 생각합니다."

처음에는 부모가 앞에서 아이 손을 잡고 갑니다.

유치원부터는 부모와 아이가 손을 잡고 나란히 갑니다.

사춘기 때도 그렇습니다.

아이가 성인이 되면 달라집니다.

자녀를 앞에 세우고 부모는 뒤에서 갑니다.

이 광경을

생각하면 할수록

지혜로운 부모,

행복한 아이가 보입니다.

우리가 이걸 놓치지 않는다면

세월이 상당히 흐른 뒤에도

부모와 자식 사이가

꽤 좋지 않을까요.

서로 행복한 사이가 되지 않을까요.

3。

'고교생' 법륜을 뒤흔든 질문,
너는 어디서 와서 어디로 가느냐

법륜 스님의 고향은

경북 울주군입니다.

그는 경주고등학교 1학년 때

경주 지역 불교학생회 회장을 맡았습니다.

하루는 분황사에 들렀습니다.

그곳에서 도문 스님을 만났습니다.

도문 스님이 법륜을 불렀습니다.

법륜은 당시 시험 기간이었습니다.

그래서 "바쁘다"고 대답하고 얼른 가려고 했습니다.

도문 스님은 그를 세워 물었습니다.

  "너는 어디서 왔느냐?"

법륜은 별생각 없이 대답했습니다.

  "학교에서 왔습니다."
  "그전에는?"
  "집에서 왔습니다."
  "그전에는?"

도문 스님은 물음을 멈추지 않았습니다.
분황사에 오기 전에는 학교,
학교에 오기 전에는 집.
그런 식으로 '내가 온 곳'을
계속 따져 들어갔습니다.

결국 법륜은
"어머니 배 속이요"라는
대답을 내놓았습니다.

도문 스님은 거기서
한발 더 나아갔습니다.

　"어머니 배 속 전에는 어디서 왔느냐?"

이 물음에
법륜은 말문이
막히고 말았습니다.

사실 도문 스님이 물은 것은
그냥 안부가 아니었습니다.
선문답(禪問答)이었습니다.
"부모미생전 본래면목(父母未生前 本來面目)"이라는
화두였습니다.
"부모로부터 몸 받아서 태어나기 전,
너의 본래면목은 무엇인가?"라는
존재론적 물음이었습니다.
그걸 고등학생 눈높이에 맞춰
쉽게 풀어서 던진 셈이었습니다.

우물쭈물하는 법륜에게

도문 스님은

다시 물음을 던졌습니다.

앞의 물음이 과거를 향했다면,

이번에는 미래를 향하는 물음이었습니다.

　"이제 어디로 갈 거냐?"

　"학교로 갈 겁니다."

　"그다음에는?"

　"집이요."

그런 식으로

물음과 대답이 이어졌습니다.

그렇게 앞날을 향해 달려가던 문답은

결국 "(나중에는) 죽겠죠"라는

법륜의 대답에서 멈추었습니다.

도문 스님은 거기서

한 걸음 더 나아갔습니다.

"그럼 죽은 뒤에는 어디로 갈 거냐?"

법륜은 아무런 대답도
하지 못했습니다.

그런 법륜을 향해
도문 스님이
한마디 툭 던졌습니다.

　"어디로 와서
　　어디로 가는지도 모르는 놈이
　　바쁘긴 왜 바빠!"

법륜은 "꽝!" 하고
머리를 한 대 맞은
느낌이었습니다.

따지고 보면
그 물음은
자신의 삶에서 꿰어야 하는
첫 단추였습니다.

이 문답은

법륜이 출가를 작심하는

결정적 계기가 됐습니다.

결국 법륜은

도문 스님의 제자가 됐습니다.

지금도 법륜 스님은

은사인 도문 스님을 극진히 모십니다.

출가를 한 법륜 스님은

사회적 현실에 눈을 떴습니다.

20대 초반에

영남불교교육원을 세워

포교 활동을 하고,

강원용 목사가 세운

기독교 사회운동 단체 '크리스챤아카데미'에서

교육을 받기도 했습니다.

유신정권 말기에는

민주화운동 자금책으로 오인을 받아

대공분실로 끌려가 고문을 당한 적도 있습니다.

1980년대 초에는

한국대학생불교연합회(대불련)의 상임 법사를 맡아

지도하면서 민주화운동에 나섰습니다.

조계종단의 기득권 세력과도 맞서 싸웠습니다.

그러던 어느 날이었습니다.

법륜 스님은 미국의 작은 사찰에서

노승을 만났습니다.

서암 스님(훗날 조계종 종정이 됨)이었습니다.

법륜 스님은 서암 스님 앞에서

2시간 동안 한국 불교의 여러 문제점을

토로했습니다.

불교는 병원이 없어서 안 되고,

이건 이래서 나쁘고,

저건 저래서 문제라는 식이었습니다.

서암 스님은 아무 말 없이 듣고만 있었습니다.

그리고 한마디 툭 던졌습니다.

"여보게, 어떤 사람이 말이야.

논두렁 밑에 앉아서 마음을 청정히 하면,

그 사람이 중이야.

거기가 절이야.

마음이 청정한 사람이 스님이야.

그 사람이 논두렁 밑에 앉아 있어도

거기가 바로 절일세."

법륜 스님은

한 대 맞은 기분이었습니다.

인터뷰를 하던 법륜 스님은

당시를 떠올리며 이렇게 말했습니다.

"우리는 기와집이 절이고,

이런 사람이 스님이고,

이런 선입견이 있지 않나.

그런데 서암 스님은

'너 지금 무슨 짓 하고 있나. 꿈꾸고 있나'

이렇게 말씀하신 겁니다.

그 말을 듣고 큰 뉘우침과 깨달음이

있었습니다.

그동안 내가 허공의 꽃을 꺾으려고

헛발질을 했구나. 그걸 알겠더라고요."

그다음부터 달라졌습니다.
생각을 바꾸니 누구나 다 스님이고,
지천으로 깔린 게 절이었습니다.

법륜 스님은
"예전의 생각을 놓아버리니까
일하기가 아주 수월해지더라.
마음공부는 절에서 해도 되고,
교회에서 해도 되고, 상관이 없더라.
스님 옷을 입고 있다고 해서 스님이 아니라,
마음이 청정한 사람이 스님이니까.
그 사람이 앉아 있는 자리가 절이니까"라고
말했습니다.

4.

냉장고가 가득 차면
평화가 올까

_____ #궁궁통1

이스라엘을 여행하다 보면
많은 순례객을 만납니다.

숙소의 레스토랑에서
아침식사를 하면서 마주치고,
성지의 나무 그늘에서
묵상에 잠겼다가 마주치고,
여행지의 맛집에서

음식을 먹다가도 마주칩니다.

그때마다
사람들이 던지는
인사말이 있습니다.

"샬롬!"

무슨 뜻이냐고요?
평화.
샬롬(Shalom)은
평화란 뜻입니다.

그런데
그냥 아무 일도 일어나지 않는,
조용하고 안전한 걸
뜻하는 평화가 아닙니다.
샬롬의 평화는
그보다 훨씬 더
본질적인 의미가 담겨 있습니다.

예수가 설한

산상수훈.

그 안에 담긴

다이아몬드가 '팔복(八福)'입니다.

그중 일곱 번째 복은

다음과 같습니다.

"행복하여라,

평화를 이루는 사람들!

그들은

하느님의 자녀가 될 것이다."

고(故) 차동엽 신부에게

물은 적이 있습니다.

여기서 말하는

'평화'에 대해서

말입니다.

"평화가 무엇입니까?"

차 신부는 이렇게 답했습니다.

"그리스어로 '에이레네(Eirene)'다.
히브리어로 '샬롬(Shalom)'이다.
샬롬은
죄나 허물로부터
자유로운 상태를 말한다."

다시 물었습니다.

"평화는 흔하지 않다.
사람들은 수시로 말한다.
나는 요즘 평화롭다고.
아무런 문제가 없다고.
살 만하다고 말한다."

차 신부는
잠시 눈을 감더니

입을 뗐습니다.

　"그건 주로
　　세상이 주는 평화다.
　　사람들은
　　세상이 주는 박해가 없을 때,
　　냉장고가 가득 찼을 때,
　　생활에 골칫거리가 없을 때
　　평화롭다고 느낀다.
　　그런데
　　예수님의 평화는 다르다."

뜻밖이더군요.
예수의 평화와
우리의 평화,
둘 사이에는
무언가 큰 차이가
있다고 했습니다.

　"나의 평화와

예수의 평화,

둘은 어떻게 다른가?"

차 신부는

샬롬에 담긴

본질적 고요를 꺼냈습니다.

"박해를 받을 때도

평화롭고,

냉장고가 비었을 때도

평화롭고,

생활에 문제가 있을 때도

평화롭다.

예수님은

그런 평화를 말했다."

사람들은
고개를 갸우뚱합니다.

박해받고,
먹을 것도 없고,
생활은 문제투성이인데
어떻게
평화로울 수가 있지?

둘 중 하나 아닌가.
현실을 외면하거나,
공상에 젖어 살거나.
그렇지 않고서야
어떻게
평화로울 수가 있지?

바다를 떠올려봅니다.
온갖 파도가

솟구칩니다.

A라는 파도는

호랑이처럼 생겼고,

B라는 파도는

소나무처럼 생겼습니다.

C라는 파도는

또 무언가처럼 생겼습니다.

이 모든 파도는

바다 위로 솟구쳤다가

산산이 부서져

사라집니다.

즐거움의 파도도,

괴로움의 파도도,

기쁨의 파도도,

슬픔의 파도도

마찬가지입니다.

솟구쳤다가

부서지고,

흔적도 없이

사라질 뿐입니다.

이런

파도의 운명에

과연 평화가 있을까요.

하늘 높이 솟았다가

결국

산산이 부서져

사라질 운명인데 말입니다.

이런 파도에게

과연 샬롬이 있을까요.

여러분 생각은

어떠세요?

예수는

파도가 솟구치고,

부서지고,

사라지는 순간에도

샬롬이 있다고 했습니다.

그게 과연

가능한 일일까요.

맞습니다.

가능한 일입니다.

A파도,

B파도,

C파도가

자신의 정체를

깨닫는다면

얼마든지

가능한 일입니다.

A·B·C 파도는

결국

파도입니다.

파도는

결국

바다입니다.

파도가

자신이 바다임을 깨칠 때,

비로소 샬롬이 드러납니다.

솟구치는 순간에도,

부서지는 순간에도,

사라지는 순간에도

자신이 바다임을 안다면
파도는
아무런 두려움도
품지 않습니다.

이게
예수가 설한
샬롬입니다.
우리의 삶에서도
가능한
본질적 평화입니다.

차동엽 신부는
이렇게 말했습니다.

　　"참평화는
　　　풍랑 속에서,
　　　전쟁터에서,
　　　역경의 한복판에서도
　　　누리는 평화다."

사람들은

풍랑과 하느님 나라는

거리가 멀다고

생각합니다.

전쟁터와 하느님 나라도

거리가 멀다고 봅니다.

둘은 서로 배타적이라고

생각합니다.

그런데

하느님 나라는

우리의 삶,

모든 시간과 모든 공간에

이미 녹아 있습니다.

풍랑 속에도,

전쟁터 속에도

하느님 나라는

온전히 녹아 있습니다.

그러니

샬롬은 철저히

나의 몫입니다.

내게 없는 평화를

찾는 일이 아니라

내게 이미 주어진 평화를

찾는 일입니다.

풍랑 속에서도,

전쟁터 속에서도

말입니다.

_____ #궁궁통5

파도가

자신이 바다임을 모르면

샬롬은 오지 않습니다.

파도가

자신이 바다임을 알 때,
비로소 샬롬이 옵니다.

하느님 마음은
샬롬으로 가득합니다.
나의 마음이
샬롬으로 가득 찰 때,
나와 하느님은
마음이 통하게 됩니다.

우리는 그런 식으로
하느님의 자녀가 됩니다.

예수는
이렇게 말했습니다.

"행복하여라,
샬롬을 이루는 사람들!
그들은
하느님의 자녀가 될 것이다."

5。

"사흘 닦은 마음은
천년의 보배다"

_____ #궁궁통1

소년은 15살이었습니다.

하루는 마을 근처에 있는

절에 놀러갔습니다.

거기서 동자승을 만났습니다.

동자승은 그에게 명구(名句) 하나를

읊었습니다.

"삼일수심(三日修心)은 천재보(千載寶)요.

백년탐물(百年貪物)은 일조진(一朝塵)이다."

뜻을 풀면 이렇습니다.
사흘 닦은 마음은 천년의 보배요,
백 년 탐한 재물은 하루아침의 티끌이다.

소년은 상당히 조숙했었나 봅니다.
이 말에 큰 충격을 받았습니다.
그리고 큰 감동도 받았습니다.
자신이 갈 길이 바로
이 길임을 직감했습니다.
소년은 그 길로 몰래 집을 나와
출가를 했습니다.
15살 소년의 자발적 출가였습니다.

그 소년이 누구냐고요?
불교계에서 강백(講伯)으로 이름이 높은
무비(無比) 스님입니다.
15살 소년은 올해 80살의 노장입니다.

예전에 가톨릭에서 주관한

'죽음 체험 피정'을 취재한 적이 있습니다.

줄지어 선 참석자들은

자기 차례가 되자

관 속에 들어가 누웠습니다.

잠시 후 관 뚜껑이 닫혔습니다.

그 속에서 5분가량 있다가

다시 나왔습니다.

그런데 관에서 나온 사람마다

눈물을 뚝뚝 흘렸습니다.

그걸 쭉 지켜보던 저는

궁금해졌습니다.

저들은 무엇을 본 것일까,

저들은 왜 눈물을 흘리는 걸까.

저는 취재수첩과 카메라를 잠시 내려놓고

줄을 섰습니다.

제 차례가 왔고,

저는 관 속으로 들어가 누웠습니다.

곧이어 관 뚜껑이 닫혔습니다.

관 뚜껑과 관,

그 사이로 실처럼 가느다란

빛이 들어왔습니다.

아주 캄캄한 어둠은 아니었습니다.

잠시 후 관 뚜껑 위로 천이 덮였습니다.

그러자 빛이 하나도 없는

완전한 어둠 속에,

제가 누워 있었습니다.

아, 여기가 무덤이구나.

공간은 철저하게 분리돼 있었습니다.

관 속과 관 바깥은

달라도 아주 달랐습니다.

가장 먼저 딱! 드는

생각이 있었습니다.

"관 바깥 세상에 있는 어떠한 것도
이 안으로 가지고 올 수가 없구나."

관 바깥에는 많은 것들이 있었습니다.
나의 가족,
나의 친구,
내가 하는 일,
내가 좋아하는 책,
내가 아끼는 이런저런 물건들.
그 어떤 사람도,
그 어떤 물건도
관 속으로 가지고 들어올 순 없었습니다.

"그럼 무엇이 남는 걸까?
관 속에 누워 있는 나에게
남아 있는 것은 대체 무엇일까?"

이 물음이 저절로 올라왔습니다.
그때 비로소 알겠더군요.

"아! 마음이구나.

죽어서 관 속에 누운 나에게

남는 것은 마음이구나.

이 관 속으로 가지고 들어올 수 있는 건

마음뿐이구나.

그럼 어떻게 살아야 하지?

잘 살아야겠네.

마음을 잘 가꾸며 살아야겠네."

───────── #궁궁통 3

무비 스님의 출가담을 들으며

저는 관 속에 누웠던

'죽음 체험 피정'이 떠올랐습니다.

사흘 닦은 마음이

천년의 보배라고 했습니다.

저는 그 구절에

무척 공감이 갔습니다.

왜냐고요?

죽은 뒤에 내가 가져가는 건

마음뿐이라는 걸 절감했으니까요.

아무리 빛나는 보석도,

아무리 좋은 자동차도,

아무리 좋은 집도

가지고 갈 수가 없더군요.

오직 하나,

나의 마음만 가지고 갈 뿐이었습니다.

_____ #궁궁통4

무비 스님에게 이런 물음을

던진 적이 있습니다.

"불교는 마음 닦는 종교다.

깨달음의 종교다.

깨닫기 전과 깨달은 후는

무엇이 달라지나?"

무비 스님은 이렇게 답했습니다.

"달라지는 건 없다.

그전 그대로 살 뿐이다.

다만 인간의 삶에서 맛봐야 하는

굉장한 기쁨,

엄청난 절망,

잊지 못할 고통 앞에서는

그 차이가 확 달라진다."

어떻게 달라지는지,

다시 물었습니다.

"도인일수록 폼 잡지 않는다.

정말 명경지수(明鏡止水, 맑은 거울과 고요한 물)의

마음을 가진 도인은 더 인간적이다.

더 슬퍼하고, 더 기뻐한다.

다만 그 슬픔과 기쁨에 젖지 않을 뿐이다.

기뻐하되 기쁨에 물들지 않고,

절망하되 절망에 물들지 않는다.

물론 불의를 보면 분노한다.

그런데 그 분노에 물들지 않는다.

결국 어찌 되겠나.

슬픔과 고통과 절망 속에 있어도

'나'가 상하는 일이 없다."

그런 삶은 어떤 삶일까,

다시 물었습니다.

"가뿐한 삶이 된다.

살기가 아주 수월한 삶이 된다.

삶도 가뿐하고,

죽음까지도 가뿐하게 느껴진다.

생사해탈이 대단한 게 아니다.

그게 바로 생사해탈이다.

삶이 뭔가.

인연 따라 세상에 관광 왔다가

돌아갈 시간이 되면

당연히 돌아가는 거다."

무비 스님은 자신이 입적할 때

다비식도 않겠다고 했습니다.

괜히 산 사람들 번거롭게 한다는

이유였습니다.

몸은 그동안 입었던 옷이니

그냥 벗으면 된다고 했습니다.

이미 시신기증 서약까지

해놓았다고 했습니다.

_____ #궁궁통5

마지막으로 무비 스님에게

'가뿐한 삶' '물들지 않는 삶'에 대해

물었습니다.

무비 스님은 바둑에 빗대서
답을 던졌습니다.

"하수들이 바둑을 둘 때
고수의 눈에는 다 보인다.
어디에 두면 죽는지,
어디에 두면 사는지 말이다.
곧 죽을 자리인데도
돌을 놓는 것이 빤히 보인다.
사람들은 자기 바둑을 둘 때는
수를 놓칠 때가 많다.
반면 남의 바둑에 훈수를 둘 때는
수가 잘 보인다.
훈수 둘 때는 2급 이상 바둑 실력이
더 높아진다고 하지 않나.
왜 그렇겠나.
바둑에 '나'가 없기 때문이다.
삶도 마찬가지다.
삶에 '나'가 없으면 지혜가 생긴다.
그래서 인생에서도 고수가 된다."

사흘 닦은 마음은
천년의 보배라고 했습니다.
무비 스님은 그런 마음을
어떤 식으로 닦아야 하는지
중요한 힌트를 주었습니다.

남의 바둑에 훈수 두듯이
한발 뚝 떨어져서
나의 바둑을 바라보는 여유.

거기서 나오는 지혜로
나의 바둑을 풀어가는 삶.

그렇게
한 발짝,
또 한 발짝,
또 한 발짝 가다 보면
우리의 삶도
가뿐해지지 않을까요.
수월해지지 않을까요.

물들지 않는 삶이 되지 않을까요.

그물에 걸리지 않는
바람과 같이.

6。

천상천하 유아독존
붓다는 정말 오만했을까

_____ #궁궁통1

부처님은 2600년 전에 살았던
실존 인물입니다.
지금은 그걸 너무도
당연하게 생각합니다.
불과 150년 전만 해도
그렇지 않았습니다.
석가모니 붓다가
실존 인물이냐, 아니냐를 놓고

학계에서는 의견이 분분했습니다.

부처님은 '룸비니 동산'에서
태어났습니다.
출산을 위해 친정으로 가던
마야 왕비가
갑자기 산통을 느꼈습니다.
결국 들판인 룸비니 동산에서
아들을 낳았습니다.
그 아들이 훗날
석가모니 붓다가 됩니다.

당시에는 누구나
룸비니가 어디인지
알고 있었겠지요.
붓다 입멸 후
많은 세월이 흘렀습니다.

그 사이에
인도 땅에서

불교는 쇠퇴했습니다.

인도에 쳐들어온

이슬람 세력에 의해

불교 유적은

많이 파괴됐습니다.

이뿐이 아닙니다.

인도의 힌두교가

불교를 흡수해 버렸습니다.

힌두교가 부처님을

숱한 힌두교 신들 중 하나로

수용해 버렸습니다.

불과 150년 전까지만 해도

인도에서는

룸비니 동산이 어디인지

아무도 몰랐습니다.

단지 초기 불교 경전에

'붓다의 출생지가 룸비니'란 구절만

남아 있을 뿐이었습니다.

_____ #궁궁통2

인도에는 룸비니를
'설화 속의 땅'처럼
여기는 사람도 있었습니다.
그곳에서 태어났다는
석가모니 붓다를
'설화 속 인물'처럼
보는 사람도 꽤 있었습니다.
왜냐고요?
룸비니가 어디인지
아무도 몰랐으니까요.

인도는 무려 70년 동안
영국의 식민지였습니다.
1877년부터 1946년까지입니다.

당시만 해도

갠지스강 북부는

험난한 지역이었습니다.

정글이 많고

호랑이와 말라리아도

득실대는 곳이었습니다.

식민지 시절,

유럽의 고고학자들은

붓다의 유적을 좇아

이 지역을 뒤지기 시작했습니다.

인도에서는 이전에

그런 시도가 없었습니다.

1896년 독일의 고고학자인

알로이스 안톤 휘러가

인도 북부에서

아소카 석주를 발견했습니다.

아소카 석주는

붓다 입멸 후 250년께

최초로 인도를 통일한

아소카 왕이 세운 돌기둥입니다.

광개토대왕비 같은

거대한 비석이라고 보시면 됩니다.

거기에 놀라운 문구가

인도 북부의 지방 언어로

새겨져 있었습니다.

　'아소카 왕은

　친히 이곳을 찾아

　참배했다.

　여기가 붓다의 탄생지이기

　때문이다.

　그러니 룸비니 마을은

　조세를 면제하고,

　생산물의 8분의 1만 징수케 한다.'

붓다의 탄생지인

룸비니 동산의 실체가
처음으로 확인되는 순간이었습니다.
덩달아
석가모니 붓다가
실존 인물이냐, 아니냐는
논쟁도 더는 필요 없게 됐습니다.

기록에 따르면
아소카 왕은 기원전 249년에
룸비니를 방문했습니다.
그곳에 4기의 탑과 석주 1기를
세웠습니다.
아소카 석주는 벼락을 맞아
부러진 상태였습니다.
약 7.2m만 남아 있었습니다.

다행히도
룸비니와 붓다의 출생에 대한
기록은 그대로 남아 있었습니다.
아소카 석주는

지금으로부터

2270년 전의 기록입니다.

_____ # 궁궁통 3

룸비니 동산은

지금 어느 나라 땅일까요?

인도 북부에 있지만

지금은 네팔 영토입니다.

이 때문에 의견이 갈립니다.

네팔 사람에게 물으면

"부처님은 네팔 사람"이라고 주장하고,

인도 사람에게 물으면

"부처님은 인도 사람"이라고 반박합니다.

2600년 전,

부처님 당시에는

어땠을까요.

물론 룸비니와 카필라 왕국은
인도 땅이었습니다.

인도와 네팔 사이의 국경은
아주 단출합니다.
조그마한 검문소와 차단기 하나가
설치돼 있는 정도입니다.

룸비니 동산에 처음 갔을 때
기분이 참 묘했습니다.
동산에 들어설 때
모든 순례객은
신발을 벗어야 했습니다.
인도나 스리랑카에서는
불교 성지에 들어설 때
신발을 벗는 곳이 많습니다.

맨발로 느끼는 룸비니의 땅,
책에서 그림으로만 봤던
룸비니 동산을 거닐던 순간은

참 감격스러웠습니다.

마치 이스라엘의 베들레헴을

처음 찾아갔을 때처럼 말입니다.

_____ # 궁궁통 4

고타마 붓다,

그는 신이 아닙니다.

인간입니다.

배 속에서

열 달을 채웠을 것이고,

어머니의 자궁을 통해

태어났습니다.

부처님의 탄생 설화는 다릅니다.

아기 붓다는

어머니인 마야 부인의 옆구리에서

태어났다고 합니다.

이뿐이 아닙니다.

나오자마자 동서남북 사방을 둘러본 뒤,

북쪽을 향해 일곱 걸음을

걸었다고 합니다.

그런 뒤에

한 손은 하늘,

다른 한 손은 땅을 가리키며

이런 말을 했다고 합니다.

   "하늘 위, 하늘 아래

     오직 나만이 존귀하다."

한자로 옮기면 이렇습니다.

   "천상천하 유아독존(天上天下 唯我獨尊)."

이 대목에서

우리에게는 물음이 올라옵니다.

아기 왕자는 과연

태어나자마자 걸음을 걸었을까.

물론 아닙니다.
신생아가 어떻게 걸음을
걸을 수 있습니까.
그럼 갓난아이가 "천상천하 유아독존"이란
말을 했을까요.
그것도 아닙니다.
초기 불교의 경전에는
이런 대목이 없습니다.

다시 말해
세월이 흐른 후대에
이 대목이 더해졌다는 뜻입니다.

그럼 붓다의 탄생 설화는
후대에 만들어졌으니
거짓이고,
아무런 의미가 없는 걸까요.

그렇지 않습니다.

그것은 사실에 대한

기록이 아니라

의미에 대한

기록이기 때문입니다.

아기 붓다가

일곱 걸음을 떼며

"천상천하 유아독존"이라고

말한 탄생 설화에는

불교의 본질적 메시지가 담겨 있습니다.

_____ #궁궁통5

많은 사람이 오해합니다.

"천상천하 유아독존"은

아주 오만하고 독선적인

선언이라고 비판합니다.

이 우주에서

오직 자신만이 가장 존귀하다고

선언했으니 말입니다.

이런 오해는

이 대목의 의미를 제대로 이해하지

못한 까닭에 생겨납니다.

붓다는 '무아(無我)'를 설했습니다.

아무것도 없어서 '무아'가 아닙니다.

하얀 도화지 위에

까만 점을 하나 찍어 보세요.

그 점이 바로 '나(我)'입니다.

에고를 중심으로

살아가는 나에게는 그 점만 보입니다.

그 점 밑에 있는

도화지의 하얀 바탕은 보이지 않습니다.

왜냐고요?

까만 점은 눈에 보이고,

흰 도화지는 눈에 보이지 않기 때문입니다.

그러다가 까만 점이

의문을 품기 시작합니다.

나는 누구일까,

나의 존재는 어디에서 왔을까,

나의 바탕은 무엇일까.

그렇게 이치를 궁리하고

또 궁리하다가 깨닫게 됩니다.

자신이 까만 점이 아니라

비어 있는 까만 점이라는 걸 알게 됩니다.

그때 비로소 눈에 들어옵니다.

까만 점 밑에 있던,

예전부터 있었고

지금도 있고

앞으로도 있을

도화지의 흰 바탕이 눈에 들어옵니다.

그때 이렇게 말합니다.

내가 까만 점(有我)이 아니라

흰 도화지(無我)구나.

내가 유아가 아니라

무아구나.

그런데 까만 점이랑 흰 도화지가

둘이 아니구나.

까만 점 속에 흰 도화지가 있고,

흰 도화지 속에 까만 점이 있구나.

세상에는,

이 우주에는

오직 그것만 있구나.

오직 그것만이 존귀하구나.

그래서 말하는 겁니다.

　　"천상천하 유아독존(天上天下 唯我獨尊)."

그러니 붓다는

오직 나만 잘났고,

오직 나만 존귀하다고 말한 것이 아닙니다.

우리 모두가 잘났고,

우리 모두가 존귀하며,

우리 모두가 부처라고 설한 겁니다.

7.

"이럴 때 하느님이 기도 들어주십니다"
故 정진석 추기경의 답

——————— #궁궁통1

고(故) 정진석(1931~2021) 추기경은
원래 공학도였습니다.
서울대 화학공학과를 다니다가
한국전쟁이 터졌습니다.
그는 국민방위군에 소집됐고,
통신장교로 한국전쟁에서 복무했습니다.

그는 과학자를 꿈꾸는 젊은이였습니다.

서울대 공대에 입학했으니,

그는 한 발짝 성큼,

꿈에 다가가 있었습니다.

느닷없이 터진 한국전쟁은

그의 삶을 송두리째

바꾸어 놓았습니다.

무엇보다 전장에서 직접 체험한

전장의 참상은 그에게 큰 물음을 던졌습니다.

함께 밥을 먹고,

함께 대화를 나누고,

함께 잠을 자고,

함께 행군하던

전우가 눈앞에서 죽는 걸 본다면

과연 어떨까요.

그는 한국전쟁에서 몇 번이나

그런 참상을 경험했습니다.

부대가 얼어붙은 남한강을 건널 때,
발밑의 얼음이 깨졌습니다.
줄지어 강을 건너던
행렬의 중간이 끊어졌습니다.
그게 정 추기경의 바로 뒤였습니다.

그의 바로 뒤에서 따라오던
부대원들이 물에 빠졌습니다.
겨울 강,
얼음물에 빠져 아우성치며
죽어가는 모습을
그는 하나도 빠짐없이 목격했습니다.

_____ #궁궁통 2

서울 명동성당의 집무실에서 마주 앉은
정 추기경은 당시를 회상하며
잠시 눈을 감았습니다.

98

"바로 코앞에서 그걸 봤어요.
　그게 저일 수도 있었습니다."

그뿐만 아닙니다.
산을 넘어 행군하다가
전우가 지뢰를 밟았습니다.
지뢰는 터졌고,
전우는 목숨을 잃었습니다.

그 역시 젊은 정 추기경의 바로 옆에서
일어난 일이었습니다.
그 또한 자신일 수 있었습니다.
지뢰를 밟는 사람이 자신일 수 있었고,
목숨을 잃는 사람도 자신일 수 있었습니다.
그건 정말 간발(間髮)의 차이에
불과했으니까요.
그때 그곳에서 죽은 사람은
나가 아니라 그였다는 걸
무엇으로 설명할 수 있을까요.

"그것도 저일 수 있었습니다.

살아가는 하루하루가

저에게는

마지막 날이었습니다.

그때 절감했습니다.

내 생명이 나의 것이 아니구나."

<hr>

_____ #궁궁통 3

정 추기경께서

나의 생명이 내 것이 아니더란

대목을 말할 때,

저는 보았습니다.

그의 등 뒤에 서 있는

큼직한 자기 십자가를 말입니다.

인간의 생명은 유한합니다.

백 년을 살기도 힘든 우리는

천 년을 살 것처럼 살아갑니다.

삶은 영원하고,

죽음은 남의 일로만 생각합니다.

그래서 쉽지 않습니다.

삶이 유한하구나,

나에게 주어진 시간이 유한하구나,

주어진 시간이 다 가기 전에

삶의 의미를 찾아야겠구나!

이걸 깨닫는 게 쉽지 않습니다.

사도 바오로(바울)는 말했습니다.

"나는 날마다 죽는다."

전장에 서 있던 정 추기경도

그랬습니다.

그 역시

날마다 죽는 연습을

수도 없이 했습니다.

그런 죽음 끝에 사도 바오로는
이렇게 말했습니다.

"이제는 내가 사는 것이 아니라
내 안의 그리스도가 산다."
(갈라디아서 2장 20절)

정 추기경의 고백도
바오로의 고백과 무척 닮았습니다.

"나의 것인 줄만 알았던
내 생명이
나의 것이 아니구나."

_____ #궁궁통4

한국전쟁은 끝이 났고,
통신장교 정진석도 제대를 했습니다.

주위에서는 그가 다시 서울대로
복학하기를 기대했습니다.

그는 삶의 방향을 틀었습니다.
서울대 복학 대신
가톨릭 신학대에 들어갔습니다.
과학자의 삶이 아니라,
수도자의 삶을 택한 겁니다.

그 이유를 물었을 때,
그는 이렇게 대답했습니다.

　"전쟁 기간에 항상 기도했습니다.
　내 삶의 뜻을 깨달을 수 있게 해달라고,
　날마다 기도했습니다.
　그게 저에게는 가장 절실한
　기도였습니다."

그가
사제의 길,

수도자의 길을 택한 이유는
분명했습니다.
내 삶의 뜻을,
내 삶의 의미를
찾기 위함이었습니다.

자신의 의사와 무관하게
세상에 태어나,
자신의 의사와 무관하게
죽음을 향해 걸어가는
인간에게
그보다 큰 물음이
과연 있을까요.

그는 그 물음에 답하기 위해
방향을 틀었습니다.

생전에도 사람들은
정 추기경을 향해
이런저런 수식어를 붙였습니다.

어떤 사람들은 "보수적이다"라고
비판했습니다.
특히 가톨릭 내부의 진보 진영에서
정치적 공세를 쏟아내기도 했습니다.

시간적 간격을 두고
여러 차례 인터뷰하며
가까이서 마주했던
정 추기경은 사실 달랐습니다.

보수주의자나 진보주의자는
정치적 잣대에 불과합니다.
매일 새벽에 일어나
날마다 기도하고

성경을 읽고

매년 한 권씩 책을 쓰는

그는 오히려 '수도자(修道者)'에

훨씬 더 가까운 인물이었습니다.

그래서 정 추기경과의 인터뷰는

매번 각별했습니다.

제가 물음을 던질 때마다

추기경은 자신의 내면,

그 깊은 우물에서 길어 올린

수도자의 눈으로

답을 했기 때문입니다.

그래서 울림이 있었습니다.

그의 답은 늘

울림이 있었고,

인터뷰를 마치고 돌아서는

저의 귀에는

메아리로 맴돌곤 했습니다.

8.

법정 스님의 다비식에서
제자가 외친 한마디

_____ #궁궁통1

독일 출신의 안젤름 그륀 신부는

가톨릭 수도자이자 영성가로 유명합니다.

저술한 책만 약 100권에 달합니다.

오래전에 그를 서울 명동에서

만난 적이 있습니다.

처음 마주했을 때,

눈에 확 들어온 것은

그뢴 신부의 '눈'이었습니다.

아주 맑았습니다.
아무런 설명이나 소개가 없어도
아, 이 사람은 수도자구나.
그걸 알 수 있었습니다.

세계적으로 저명한 영성가에게
저는 물음을 던졌습니다.
인간의 상처와 치유,
거기에 대해서 물었습니다.

왜냐하면
인간이라면 누구나 풀고 싶어 하는
삶의 숙제이니까요.

투명한 눈망울의 그뤈 신부는
이렇게 입을 뗐습니다.

"나 역시 상처를 가지고 살았습니다."

어느 호숫가에서 묵상하다가
그뤈 신부는 오히려
그 상처에 대한 고마움을
뼈저리게 느꼈다고 했습니다.

상처는 아픔이고 고통이다,
상처가 왜 고마움이 되느냐고 되물었습니다.
그는 이렇게 답했습니다.

"나는 온전함에 대한 동경이 있다.
치유에 대한 열망이 있다.
그런데 그것이 상처 때문임을
깨닫게 됐다."

우리는 갈망합니다.

상처 없는 삶,

아픔 없는 삶,

결핍이 없는 삶을 소망합니다.

그뢴 신부는 그런 갈망의 뿌리가

다름 아닌 '상처'라고

답했습니다.

이 말 끝에 그뢴 신부는

저에게 물었습니다.

　　"상처의 존재 이유가

　　　무엇인지 아나요?"

글쎄요,

상처는 왜 존재하는 걸까요.

다들 피하고 싶어 하는 게 상처인데,

그에게도 존재 이유가 있나요.

그륀 신부는
"상처는 치유를 위해 존재한다"고
말했습니다.

우리는 따로따로라고 생각합니다.
밥 따로, 국 따로인
따로국밥처럼 말입니다.
상처 따로, 치유 따로 식으로,
둘로 쪼개서
이분법적으로 나누어서 생각합니다.

그런데 그륀 신부는
상처야말로 치유를 위한
강력한 엔진이라고 했습니다.

다시 말해
상처가 있기에
치유도 가능하다는 뜻입니다.

법정 스님이 타계했을 때,
전남 순천의 송광사 근처 숲에서
다비식이 열렸습니다.

포개진 장작더미 안으로
불이 들어갈 때
법정 스님의 제자 스님이
큰소리로 외쳤습니다.

　　"스~님, 불 들어갑니다.
　　화! 중! 생! 연!"

화중생연(火中生蓮),
글자 그대로
불꽃 속에서 연꽃이 핀다는 뜻입니다.

여기에는 아주 깊은
이치가 담겨 있습니다.

그륀 신부의 메시지로 치자면
불꽃은 상처에,
연꽃은 치유에 해당합니다.

불교에서 연꽃은
깨달음을 상징합니다.
화중생연의 화(火)는
번뇌를 뜻합니다.

다시 말해
깨달음이 피어나는 장소는
천상의 낙원이 아닙니다.
결핍이 없는
완전함의 언덕이 아닙니다.

깨달음의 꽃이 피는 곳은
다름 아닌 번뇌입니다.

번뇌를 밀어내고
번뇌를 털어내서

깨달음이 오는 게 아닙니다.

불꽃 속에
이미 연꽃이 있음을
깨닫는 일입니다.

이런 우주의 이치는
우리에게
큰 위로를 줍니다.
왜냐고요?

우리가 치유의 씨앗을
따로 찾지 않아도 되니까요.
상처의 씨앗 속에
이미 치유의 씨앗이 숨어 있다고
말해주기 때문입니다.

그러니 자꾸 겁먹지 않아도
괜찮지 않을까요.

우리가 찾아 헤매던

인생의 답이,

문제 속에 이미 있기 때문입니다.

9.

금강산 우뚝 솟은 효봉…
최초의 조선인 판사는 왜 엿장수 됐나

_____ #궁궁통1

북한의 금강산에 간 적이 있습니다.

흔히 '금강산'이란 명칭이

'금수강산'의 줄임말이라 생각합니다.

사실은 다릅니다.

'금강산'의 '금강'은 불교 용어입니다.

불교 경전 『금강경』의 '금강(金剛)'과 같은 뜻입니다.

불교에서 '금강'은 진리를 가리킵니다.

진리는 절대 변하지도 않고, 부서지지도 않고,

세월이 흐른다고 소멸하지도 않습니다.

그래서 금강입니다.

『금강경』의 영어 이름은 '다이아몬드 수트라(Diamond Sutra)'입니다.

그러니 금강산의 뜻은 '진리의 산'입니다.

여기에는 이유가 있습니다.

금강산에는 1만 2000개의 봉우리가 있다고 합니다.

그래서 "금강산 찾아가자 일만이천봉"이란 노래 가사도 있습니다.

이 봉우리마다 마음을 닦는 수도처인 암자가

있었다고 합니다.

금강산의 봉우리는 1만 2000개인데,

금강산의 암자는 무려 8만 9개였다는 이야기가 내려올 정도입니다.

실제 한국 불교사에서도 그랬습니다.

금강산은 산 전체가 거대한 선방이었습니다.

어머니 신사임당이 돌아가시자
율곡은 3년 상을 치렀습니다.
삶과 죽음의 문제를 고민하던 젊은 율곡은
머리를 깎고 금강산으로 들어갔습니다.
금강산 봉우리마다 깃든 암자를 일일이 찾아다녔습
니다.
선사들과 문답을 주고받으며
생사의 문제를 마주했다고 합니다.

금강산의 유명한 마하연 선방은
한국 불교사에서 내로라하는 굵직한 선승들이
다들 거쳐 갔을 정도입니다.

_____ #궁궁통2

금강산에는 4개의 큰 절이 있습니다.

유점사와 장안사, 표훈사와 신계사입니다.

이 중에서 표훈사만 옛 모습을 간직한 채 그대로 남아 있습니다.

한국전쟁 때 불타 버린 신계사는 남북관계가 풀렸던 기간에 남한의 조계종에서 다시 복원했습니다.

대한불교 조계종에게 신계사는 각별한 절입니다.

조계종 초대 종정인 효봉(曉峰, 1888~1966) 스님이 금강산 신계사에서 출가했습니다.

출가 당시 효봉 스님의 나이는 38세였습니다.

늦어도, 상당히 늦은 나이였습니다.

사연이 있었습니다.

효봉 스님의 고향은 평안남도 양덕군 쌍용면입니다.

어려서부터 신동 소리를 들었다고 합니다.

어린 나이에 사서삼경을 줄줄이 꿰었다고 합니다.

평양감사가 개최한 과거 시험에서 장원급제할 정도였습니다.

효봉은 일본 와세다대로 유학을 갔습니다.

그곳에서 법학을 공부했습니다.

일제 강점기에 조선인을 위해 일하겠다는 생각에

그는 현해탄을 건너 다시 한국으로 돌아왔습니다.

당시 법관이 되려면 고등고시에 합격해야 했습니다.

효봉 스님은 고등고시를 통과해 조선인 최초로 판사가 됐습니다.

그렇게 서울과 함흥, 평양 등에서 10년간 판사로 일했습니다.

그러다가 조선인에게 사형 선고를 내려야 하는 일이 생겼습니다.

선고를 내린 효봉은 인간적 고뇌에 빠졌습니다.

사람이 과연 사람의 생명을 끊는 선고를 할 수 있는가.

그런 고민 끝에 효봉은 법복을 벗었습니다.

그리고 아내와 자식을 뒤로 한 채 집을 나갔습니다.

그 뒤에는 엿장수로 살았습니다.

입고 있던 양복을 벗어서 팔고,

그 돈으로 허름한 옷과 엿판을 샀습니다.

그 엿판을 목에 걸고 세상을 돌아다녔습니다.

전국을 떠돌며 3년간 엿장수로 살던 효봉은 금강산으로 갔습니다.
머리를 깎으려고 신계사로 갔을 때도
목에는 엿판을 걸고 있었다고 합니다.
신계사에서 효봉은 "엿장수 중"이라고 불리었습니다.
자신의 정체도 숨겼다고 합니다.
그냥 엿을 팔다가 출가한 스님이라고만 말했습니다.

나중에 법원에서 함께 근무했던 일본인 판사가 관광차 금강산에 왔다가
신계사에 들렀습니다. 그때 효봉 스님을 봤다고 합니다.
그래서 효봉 스님의 이력이 처음 알려졌습니다.
그때부터 절집에서는 '엿장수 중'에서 '판사 중'으로 별명이 바뀌었습니다.

늦은 나이에 출가했지만
효봉 스님의 구도심은 남달랐습니다.

좌선할 때 한번 앉으면
꿈쩍도 하지 않았다고 합니다.
그래서 또 생긴 별명이 '절구통 수좌'였습니다.

독립운동가이기도 했던 백용성 스님과
경허 선사의 맏상좌인 수월 스님 등을 찾아가 가르
침을 구했습니다.

1930년에는 금강산 법기암 무문관 토굴에서
하루 한 끼만 먹는 일일일식(一日一食)을 했습니다.
잘 때도 눕지 않는 장좌불와(長坐不臥) 정진을 했습
니다.

토굴에 들어간 지 1년 6개월 만인 이듬해
효봉 스님은 깨달음을 이루었습니다.

토굴을 뚫고 나온 효봉 스님은

깨달음의 노래, 오도송을 읊었습니다.

"바다 밑 제비집에 사슴이 알을 품고

불 속의 거미집에 고기가 차를 달이네

이 집안 소식을 누가 능히 알꼬

흰 구름 서쪽에 날고 달이 동쪽으로 뛰누나."

그때 효봉 스님의 나이는 44세였습니다.

_____ # 궁궁통 4

효봉 스님의 오도송을 한 글자씩 짚어봅니다.

"바다 밑 제비집에 사슴이 알을 품고"

이 대목만 봐도 놀랍습니다.

하늘을 날아다니는 제비가 어떻게 바다 밑에 들어갈

것이며,

더구나 그곳에 집까지 지을 수 있을까요.

사슴은 어떻게 거기서 알을 품을 수 있을까요.

"불 속의 거미집에 고기가 차를 달이네"

또 불 속에서 활활 타는 거미집에서

고기가 어떻게 차를 달일 수 있을까요.

다들 생각합니다.

'현실에서는 불가능한 풍경이다.'

그럼 이게 아무짝에도 쓸모없는

상상의 서술에 불과한 걸까요.

그렇지 않습니다.

저는 효봉 스님의 오도송에서

오히려 무한의 자유가 밀려옵니다.

다들 투덜거립니다.

현재는 답답하고, 과거는 아프고, 미래는 막막하다고

합니다.

우리는 눈에 보이는 것에만 갇혀서 사니까요.

효봉 스님의 오도송에는

삶에 절망하는 우리의 답답함을

일시에 뒤집어버리는

무지막지한 통쾌함이 있습니다.

우리는 제4차 산업혁명의 초입에 서 있습니다.

빠르고 강한 변화의 물결이

우리의 일상을 물결치게 하고 있습니다.

물질문명이 발달하면서

상상 속에서나 가능했던 일들이

속속 현실적인 기술로 실현되고 있습니다.

스마트폰, 전기차의 시대를 지나

이제는 메타버스(Metaverse, 가상의 세계인 메타와 현실

세계인 유니버스의 합성어)의 시대가 도래한다고 합니다.

그야말로 '바다 밑 제비집에 사슴이 알을 품는' 창의

력이 요구되는 시대입니다.

그런 시대를 뚫고 나가는 핵심은
사고의 패러다임에 갇히지 않는 겁니다.

불교의 마음공부는 간단합니다.
생각의 패러다임을 무너뜨리고,
거기에 갇히지 않는 일입니다.

자유로운 창조, 자유로운 활용, 자유로운 파괴를
마음껏 오가며 써먹는 일입니다.
효봉 스님의 오도송은 그런 삶을 노래하고 있습니다.

그러니 하루에 잠시라도 짬을 내보면 어떨까요.
눈을 감고 내가 갇혀 있는 생각의 패러다임을 찾아
보면 어떨까요.
어디 한번 무너뜨려 보면 어떨까요.

누구에게나 가능한 무지막지한 통쾌함을 위해서 말
입니다.

10.

꼭 새벽 6시에 전화한
DJ의 '인생 구절'

우리나라에는
'갱정유도(更定儒道)'라는
민족종교가 있습니다.

유교와 불교,
그리고 선(仙)을 아우르는,
그야말로
동양 종교의 대표 선수들을

관통하는 종교입니다.

지리산 청학동에서
갱정유도를 수행한
고(故) 한양원(한국민족종교협의회 회장 역임) 회장과
마주 앉은 적이 있습니다.

한 회장은
청담 스님, 노기남 주교, 한경직 목사,
독립운동가 심산 김창숙, 안호상 박사 등을
가까이 모시며,
폭넓은 교류를 했습니다.

한 회장은 또
김대중 대통령의 멘토이기도
했습니다.
생전의 김 대통령은
수시로 아침에 전화를 걸어
한 회장에게
이런저런 조언을 구하곤 했습니다.

"김대중 대통령이 타계한 뒤에도
아침 6시에 전화벨이 울리면
깜짝깜짝 놀라곤 했다.
DJ는 무언가 물어볼 게 있으면
꼭 아침 6시에 전화를 했다."

저는 그에게
물었습니다.

"영혼을 울리는 한 구절을
꼽아 주십시오."

한 회장은
이렇게 답했습니다.

"허 참,
사람도 울리지 못하는데,
어떻게 영혼을 울리겠나."

그런 뒤에

눈을 지그시 감았습니다.

내공이

느껴졌습니다.

사람의 마음도

울리지 못하는데,

어떻게 영혼을 울리겠나, 라는

한마디에서

그의 낮은 마음과

깊은 헤아림이 보였습니다.

무슨 구절을 꼽을까.

짤막한 설렘과 함께

저는

짤막한 침묵을 즐겼습니다.

이윽고 한 회장은

구절을 하나 꺼냈습니다.

"천불재원근재심(天不在遠近在心)인데

심불공경천하래(心不恭敬天何來)오."

우리말로 풀면
이런 뜻입니다.

"하늘이 먼 곳에 있는 것이 아니라
가까운 마음에 있는데,
마음을 공경하지 않으면
어찌 하늘이 올 것이오."

갱정유도의 경서에 나오는
한 대목이라고 했습니다.

_____ #궁궁통2

우리는 하늘을
멀고,
또 아득하게만

생각합니다.

한 회장은
달리 말했습니다.

　　"천(天)·지(地)·인(人)이
　　어디에서 왔나.
　　하늘에서 왔다.
　　사람도, 땅도 하늘에서 왔다.
　　그런데도
　　사람들은 하늘의 뜻을
　　살피지 않는다.
　　무시하고 산다.
　　하늘은 하늘대로,
　　나는 나대로 살고 있다.
　　그러니
　　진리를 만날 수가 없다."

생각하면
생각할수록

고개가 끄덕여지는
말이었습니다.
그래서
물었습니다.

"사람은 대부분
하늘이 멀다고 생각합니다.
그건 왜 그렇습니까?"

한 회장은 그 이유를
이렇게 설명했습니다.

"밖에서 찾으니까 그렇다.
사람이 어디에서 나왔나.
하늘에서 나왔다.
이 천지가 대우주라면
사람의 몸은 소우주다.
그러니
우주를 보려면
어디를 봐야 하겠나?"

가만히 저를 쳐다보던
한 회장은 말을 이었습니다.

"내 안을 봐야 한다.
 하늘 마음을 보려면
 내 마음을 찾아야 된다.
 그러니
 하늘의 뜻을 아는 게
 먼저가 아니다.
 내 마음을 아는 것이
 먼저다."

우리는 대부분
고개를 들고
하늘을 쳐다보며
하늘의 뜻을 묻습니다.
그런 식으로
하늘의 마음을 찾습니다.

한 회장은

그게 아니라고 했습니다.

내 마음을 아는 게
먼저라고 했습니다.
그렇다면
또 궁금해집니다.
그 '내 마음'은
어떻게 아는 걸까요.

　"내 안을 들여다보라.
　욕심과 삿됨이
　가득하지 않나.
　그걸 비워야
　내 마음을 만난다.
　그래서 기도를 하고,
　수도(修道)를 한다."

제가 물었습니다.

　"사람들은

기도를 많이 합니다.
백일기도, 천일기도 등
온갖 기도를 합니다.
그래도
내 마음을 모르는
사람이 많습니다.
도대체
기도란 무엇입니까.
어떻게 해야 합니까.”

한 회장이 던진
다음 답변이
제 가슴을 찔렀습니다.

“기도가 뭔가.
하늘을 속이지 않는 것이
기도다.
백일기도, 천일기도를 암만 해도
하늘을 속이면서 하면
무슨 소용이 있나.

그건 기도가 아니지."

_____ #궁궁통3

들고 보니
그렇더군요.

기도란
나와 하늘이 통하는 일인데,
하늘을 속인다면
통할 리가 없겠지요.

그렇다면
하늘을 속인다는 게 뭘까요.
한 회장은
이렇게 말했습니다.

"하늘을 속인다는 건

내가 내 마음을 속이는 거다.

그래서 기도할 때는

뇌성벽력 앞에 선 심정으로

하는 거다.

그렇게 두려운 마음으로

자신을 살피는 거다.

그럴 때

하늘은 멀리 있지 않다.

내 마음속에

가까이 있는 거다."

저는 한 회장이 꺼낸

둘째 구절의 뜻을

물었습니다.

심불공경천하래(心不恭敬天何來).

(마음을 공경하지 않으면

어찌 하늘이 올 것이오.)

"마음을 공경하라.

구체적으로 무엇을,

어떻게 하라는 겁니까?"

한 회장은

마음을 공경하는 것을

이렇게 설명했습니다.

"내 몸과 내 마음이

가장 낮은 자리로 가는 거다.

그게

내 마음에 대한 공경이다."

_____ #궁궁통4

한 회장은

실질적인 예를 하나 들었습니다.

"요즘은 난세다.

사람들은 돈도, 명예도 다 가지려 한다.

거기선 평화가 오지 않는다.

좋은 것은

다른 사람에게 양보하고,

저 사람이 싫다고 하는 것을

내가 가져보라.

그럼 평화가 온다."

"그건 손해 보는 일이 아닙니까?"

"다들 그렇게 생각한다.

그런데 손해가 아니다.

그 끝을 보라.

결국 좋은 것이 나에게 돌아온다.

하늘의 뜻이 그렇기 때문이다.

하늘이 그런 작업을 하지 않는다면

세상은 거기서 끝나고 만다."

제가 물었습니다.

왜 하늘의 뜻이 그러냐고.

"하늘이 정도(正道)를

행하기 때문이다.

하늘은 반드시 정(正)으로 간다.

옛 어른들이

'하늘이 무섭지도 않으냐'고 한 게

바로 이 말이다.

하늘이 돌아가는

그 자체가 정(正)이다."

한 회장은

우리가 삿된 마음을 놓을 때

하늘의 정(正)이 드러난다고 했습니다.

"정(正)은 담담하게 흐르는

물과 같다.

반면 사(邪)에는 오색찬란한

재미가 있다.

그런데 그 오색이 실은 비어 있는 색이다.

그래서 옛 성인들은

오독(五毒)을 불사르라고 했다.

맵고, 쓰고, 달고, 짜고, 신 삶의 맛을
모두 태우라고 했다.
그게 수행이다.
그래야 무색무취한 정(正)이 드러난다."

한 회장은
매일 새벽에 일어나
기도를 했습니다.
퇴계 선생도, 율곡 선생도
매일 새벽에 일어나
묵상을 하고,
내 안의 삿된 마음을 덜어내며
내 안의 정(正)을 챙겨 봤다고
했습니다.

그렇게
내 마음을 공경할 때
하늘이 내게로 온다고
했습니다.

2장

구분과 아집 없이 바라볼 때,

비로소 우주를 볼 수 있습니다

1。

"알라와 하느님은 같다"
… 무슬림 여성이 말한 '오해와 편견'

_____ #궁궁통1

이슬람 신앙을 가진 사람이

강연을 하는 풍경이 가능할까요?
그것도 이슬람 신앙에
대해서 말입니다.

저는 그런 풍경을 만난 적이
있습니다.

서울에 있는 성공회대학교의
대학 성당이었습니다.
무슬림(이슬람 신앙을 믿는 사람)인
터키 여성이 강단에 서서
'이슬람 이야기'를 들려주었습니다.

물론 강연 후에는
청중석에서 쏟아지는 온갖
질문에도 대답을 했습니다.

고려대학교 영어교육과
석사 과정에 있던,
하바 건이라는 이름의 그녀는
한국어도 아주 유창했습니다.

_____ #궁궁통2

먼저 이슬람에서 믿는

'알라'에 대한 오해부터
짚었습니다.

"한국에서 만난 많은 사람이 묻더군요.
그리스도교는 하느님(하나님)을 믿는데,
이슬람교는 알라신을 믿는 게 아니냐?"

그녀는 이런 출발점부터
큰 오해라고 했습니다.

"'알라신'이란 말은 없습니다.
하느님을 영어로 하면 뭔가요?
'The God(더 갓)'입니다.
그럼 아랍어로 '하느님'을
뭐라고 부를까요?"

그녀는 '알라'라는 단어를
풀어서 설명하더군요.

"아랍어에서 '알(Al)'은

영어의 '더(the)'에 해당합니다.

아랍어로 '하느님'이라고 말하면

'AL＋ILAH＝ALLAH'가 됩니다.

'알라'라는 신이 따로 있는 게

아닙니다.

영어로는 하느님이 '갓(God)'입니다.

한국어로는 '하느님(하나님)'입니다.

그럼 아랍어로는 뭐라고 부를까요.

그렇습니다.

'알라'입니다."

듣고 보니 놀랍더군요.

우리가 우리말로 "하느님" 하고 부르듯이,

아랍 사람들이 아랍말로 "하느님" 하고 부르면

"알라"가 되는 거라고 했습니다.

이런 설명 끝에

그녀는 한 마디 덧붙였습니다.

"그리스도교의 하느님(하나님)과

이슬람의 하느님은 하나입니다.

우리는 그게

다른 하느님이라고 생각하지 않습니다."

_____ #궁궁통3

그녀의 설명은 이어졌습니다.

"이슬람 사원 안에는

어떠한 상징이나 동상도 없습니다.

왜 그런지 아시나요?"

청중은 눈을 동그랗게 뜨고

그녀를 바라봤습니다.

"우상을 섬기지 않기 위해서입니다.

상(像, 형상)이나 그림을 세워놓으면

사람들이 기도할 때

상(像)과 그림에 집중을 하게 되니까요."

많은 기독교인이
이슬람은 다른 신,
다시 말해
우상을 섬기는 종교라고 생각합니다.

그녀의 설명은 달랐습니다.
오히려 신을 가리키는
어떠한 상징이나 형상이 '우상(偶像)'으로 변질될
위험이 있기에,
처음부터 그것을 차단한다고 했습니다.
사원을 건축할 때부터 말입니다.

역사적으로 봐도,
종교사적으로 봐도 그렇습니다.
출발은 아브라함입니다.
뿌리는 유대교입니다.
거기로부터 가톨릭과 개신교, 그리고 이슬람교가
나왔습니다.

하나의 뿌리에서 나온

세 그루의 나무인 셈입니다.

_____ #궁궁통4

강연이 끝나자 질문이 쏟아졌습니다.

청중석에는 성공회대학의 신학생도

꽤 있었습니다.

> "이슬람 경전인 '꾸란(코란)'에는
>
> '한 손에는 칼, 한 손에는 꾸란'이란
>
> 구절이 있다고 들었습니다.
>
> 왜 그렇죠?"

날카로운 질문이었습니다.

이슬람이 주변을 정복할 때,

한 손에는 칼을 들고,

또 한 손에는 꾸란을 들고서

이슬람으로 개종하지 않으면

모두 죽인다는 내용이

이슬람 경전에 기록돼 있지 않으냐는

질문이었습니다.

그녀의 대답은

다소 뜻밖이었습니다.

　"저도 한국에 와서

　　그 말을 처음 들었습니다.

　　그런데 '꾸란'에는 어디에도

　　그런 구절이 없습니다.

　　무슬림은 누구도

　　'한 손에는 칼, 한 손에는 꾸란'이란 이야기를

　　하지 않습니다.

　　종교에서 말하는 '믿음'이란

　　사람의 마음으로 들어가는 겁니다.

　　칼을 들고선 절대 사람의 마음으로

　　들어갈 수가 없잖아요."

사실 이 대목에 대해서는
여러 의견이 있습니다.
요즘 동서양 종교학자의 상당수가
'한 손에는 칼, 한 손에는 꾸란'이란 말이
십자군 전쟁 때 유럽인들이 만든 말이라고
설명하고 있습니다.

공격적인 질문이 이어졌습니다.

"9·11 사태나 자살 테러는
어떻게 설명할 수 있나요?"

하바 건은 이렇게 답했습니다.

"기본적으로 이슬람교에서는
자살을 인정하지 않습니다.
자기 몸을 죽일 수도 없는데.
어떻게 다른 사람을 죽일 수가 있겠어요?
오사마 빈 라덴 같은 사람은
무슬림들이 가장 싫어하는 사람입니다.

한국에도 좋은 사람과 나쁜 사람이 있잖아요.
무슬림에도 좋은 사람과 나쁜 사람이 있습니다."

"그럼 성전(聖戰)이란 의미의
'지하드'는 뭔가요?
이슬람 테러리스트들은 지하드를
벌이잖아요."

그녀는 '거룩한 전쟁' '성스러운 전쟁'이란
뜻의 '지하드'에 담긴 의미를 풀었습니다.

"'지하드'는 하느님을 위해
다른 사람을 죽이는 게 아닙니다.
내 안의 나쁜 생각(사탄)을 이겨내려는
자신과의 싸움입니다.
이슬람에서는 그걸 '지하드'라고 부릅니다."

이슬람교에서는 본래
자신과의 싸움이 '지하드'인데,
인간이 만든 정치적·역사적 역학 관계로 인해

'지하드'의 의미가 변질돼
잘못 사용되고 있다고 지적했습니다.

_____ #궁궁통5

한 여학생이 질문을 던졌습니다.

"이슬람 여성은 왜 히잡을 쓰나요?"

그날 하바 건도 머리에 히잡을 쓴 채
강연을 하고 있었습니다.
그녀가 답했습니다.

"이슬람 여성만 썼던 건 아닙니다.
성모 마리아도 썼습니다.
가톨릭 수녀님도 합니다.
유대인도 사원에 들어갈 때 합니다.
그렇다고 히잡을 쓰는 게

'믿음의 조건'이나 '믿음의 척도'는
아닙니다.
히잡을 쓴다고 신앙이 깊은 건 아닙니다.
신앙은 마음으로 하느님을 믿는 거니까요."

신학생으로 보이는 남학생이
질문을 했습니다.

"아랍 지역의 기독교 선교 활동에 대해
어떻게 생각하세요?"

그녀는 웃으며 "괜찮다"고 했습니다.

"하느님은 『꾸란』에서
'사람은 자기에게 맞는 길을
찾아가라'고 하셨어요.
기독교 선교사분들도
자신의 길을 가는 것이라 봅니다.
저는 이슬람을 사랑하듯이
기독교를 사랑합니다.

문제가 없습니다.
저는 그분들이 성공하길 바랍니다."

이날 강연은 채플 시간에 마련된
자리였습니다.
강연이 끝난 후에
신학대학원 2학년이라는 한 남학생에게
소감을 물었습니다.
그는 이렇게 말하더군요.

"제가 피상적으로 알고 있던
이슬람과 아주 달랐습니다.
유대교와 이슬람교·기독교가 서로
소통할 수도 있겠다는 생각이 들었습니다."

저도 그랬습니다.
우리는 그동안 서구의 창을 통해
이슬람 이야기를 보고, 듣고 했습니다.
그래서인지
무슬림 여성에게서

직접 들은 '이슬람 이야기'는
여러모로 새로웠습니다.

하나의 뿌리에서 나온 세 종교.
유대교와 기독교, 그리고 이슬람교는
서로 소통할 수 있을까요?

인간의 역사에서
여러 정치적 이해관계가 섞이며
세 종교의 거리는 꽤 멀어졌습니다.
심지어 서로가 상대를
'이단'이라고 정죄하기도 합니다.

거기에는 이런 생각이
깔려 있기도 합니다.

　"네가 믿는 하느님은
　　내가 믿는 하느님과 달라.

　　네가 믿는 하느님은 우상이고,

내가 믿는 하느님만이 진리야."

저는 참 궁금합니다.

나와 상대를 가르는 '인간의 눈'이 아니라,
만약 '하느님의 눈'으로 본다면
어떻게 보일지 말입니다.

2.

"그릇을 크게 가져라"

_____ #궁궁통1

도산(島山) 안창호(1878~1938)는

독립운동가입니다.

안중근 의사의 이토 히로부미 저격 사건의

배후로 체포되기도 했습니다.

윤봉길 의사의 상하이 홍커우 공원 폭탄 사건과

연루돼 4년 실형을 선고 받았습니다.

서대문형무소와 대전형무소에서

옥살이도 했습니다.

상하이 임시정부에서는
내무총장 겸 국무총리 대리직을
맡았던 거물입니다.

도산 선생은 기독교인이었습니다.
청·일 전쟁이 일본의 승리로 끝나자
국력 배양의 필요성을 절감하고,
평양에서 서울로 왔습니다.

안창호는 당시 미국 선교사 언더우드가 세운
구세학당(救世學堂)에 입학했습니다.
거기서 3년간 공부하며
서구 문물을 접하고 기독교인이 됐습니다.
그 뒤에는 만민공동회, 독립협회, 신민회 등에서
활약했습니다.

1902년에 미국 샌프란시스코로 갔다가,
을사조약(1905년 11월)의 비보를 듣고
구국 운동을 펼치고자 돌아왔습니다.

그런 도산 선생이 평양 부근의 송산리에서
설교를 한 적이 있습니다.
장소는 송산리 교회였습니다.
이 설교가 도산 안창호의 마지막 설교,
마지막 강연이었습니다.

저는 참 궁금합니다.
도산 선생은 목사가 아닙니다.
종교인도 아닙니다.
오히려 일제에 맞서 싸운 독립운동가였습니다.
그런 그가 설교에서 무슨 이야기를 했을까.
어떤 메시지를 사람들에게 던졌을까.
그의 마지막 설교 모습을 담은
동영상이라도 남아 있다면 얼마나 좋을까.

그런데 당시 현장에 있었던 사람이 있습니다.
도산 선생의 마지막 설교를
송산리 교회에서 직접 들은 사람이 있습니다.
누구냐고요?

다름 아닌 올해 103세인

김형석(연세대 철학과) 명예교수입니다.

_____ # 궁궁통 2

김형석 교수는 또렷하게 기억하고 있었습니다.

도산 안창호 선생이 마지막 설교에서 남긴

메시지를 말입니다.

커피숍에서 마주 앉은 김형석 교수는

차분하게 당시 설교 현장을 이야기했습니다.

"그때 나는 열일곱 살이었다.

송산리 교회에는 청중이 200명 정도 모였다.

도산 선생은 1시간가량 설교를 하셨다.

당시 교회에서 하던 설교 시간으로 따지면

상당히 긴 시간이었다."

김형석 교수도 크리스천입니다.
그를 기독교로 인도한 두 분의 목사님도
있었습니다.
그럼에도 김 교수는 도산 선생 이야기를 할 때
흠모의 눈빛을 숨기지 않았습니다.

"내게 신앙을 가르쳐주신 분은 두 목사님이다.
두 분 다 말년에 그렇게 존경받는
크리스천이 되지는 못했다.
그런데 신학자도 아니고, 목사도 아닌
도산 선생의 설교는 다르더라."

무엇이 그렇게 달랐을까요.
목회자의 설교보다
더 깊이,
더 강하게,
더 울림 있게
열일곱 김형석의 가슴을 적신 것은
대체 무엇이었을까요.

김형석 교수는 이렇게 말했습니다.

> "당시 목사님들의 설교는 비슷비슷했다.
> 주로 교회 이야기를 하거나
> 기독교의 교리 이야기를 했다.
> 도산 선생의 설교는 달랐다.
> 그는 '우리 사랑하자'고 웅변했다.
> 그게 하나님께서 우리에게 주시는
> 교훈이라고 했다.
> 우리가 서로 사랑하는 건
> 하나님께서 우리 민족을 사랑해주시는 것과
> 같다고 했다."

초롱초롱한 눈으로 당시를 회고하던
김형석 교수는 힘주어 말했습니다.

> "나는 그런 설교를 들은 적이 없었다.
> '저 어른은 애국심이 있어서,

기독교를 저렇게 크게 받아들였구나' 싶었다."

김 교수는 그때 깨달았다고 했습니다.

"신학자다, 장로다, 목사다.
그게 중요한 게 아니더라.
신앙에도 '그릇의 크기'가 있더라."

그 말을 듣고서 저는 잠시
생각에 잠겼습니다.
인터뷰 중간에 짧은 침묵이 흘렀습니다.
'그릇의 크기'라는 말이
제 가슴에 날아와
박혔기 때문입니다.

그렇습니다.
기독교인이라고
다 같은 기독교인이 아닙니다.
불교인이라고
다 같은 불교인도 아닙니다.

거기에는 '그릇의 크기'가 있습니다.

예수님은 어땠을까요.
그가 가진 '그릇의 크기'는
얼마만큼이었을까요.
또 석가모니 붓다는 어땠을까요.
그의 내면을 담아내는 그릇은
과연 얼마만한 크기였을까요.

어쩌면 우리는 너무 쉽게
마침표를 찍습니다.
세례를 받았고,
교회에 다니니까
나는 이미 구원을 받았겠지.
그렇게 마침표를 꾸욱 찍고서
내 신앙의 크기,
내 그릇의 크기에는
더 이상 관심을 두지 않습니다.
그걸 더 키우고, 더 넓혀나갈
노력도 하지 않습니다.

그런 우리에게 "신앙에도 그릇의 크기가 있다"는
김형석 교수의 일갈은
아프게 날아와 박힙니다.

김 교수는 "그릇을 크게 가지라"고 했습니다.
그래야 큰 신앙을 가질 수 있다고 했습니다.

> "그릇이 작으면 작은 신앙밖에 못 가진다.
> 기독교 장로였던 고당 조만식(1883~1950) 선생
> 이나
> 도산 안창호 선생은 그릇이 컸다.
> 그들의 그릇은 민족과 나라를 생각하는 그릇이
> 었다.
> 그러니 얼마나 컸겠나.
> 그릇이 큰 만큼,
> 기독교 신앙 역시 그들은 크게 받아들였다."

물론 작은 그릇, 작은 신앙도 있다고 덧붙였습니다.

"작은 신앙이 뭔가.

교회만 생각하고,

교회만 위하는 신앙이다.

우리 주위를 둘러보라.

지금도 작은 신앙을 가진 사람들이 많지 않나."

_____ #궁궁통4

도산 안창호 선생은 평양 근처 송산리 교회에서
마지막 강연을 하고서
8개월쯤 후에 세상을 떠났습니다.
두 차례의 옥살이로 건강이
무척 악화한 상태였습니다.

지금 돌이켜봐도
도산 선생은 큰 인물이었습니다.
우리는 그런 거인을 아쉬워하고,
또 그리워하면서 푸념합니다.

종교계도 그렇고,

정치권도 그렇습니다.

왜 이 시대에는 큰 인물이 없느냐고,

왜 갈수록 큰 인물이 나오지 않느냐고 말합니다.

도산 선생은 이 물음에 대한 답을

이미 자신의 어록에 남겼습니다.

"우리 가운데 인물이 없는 것은

인물이 되려고 마음먹고 힘쓰는 사람이

없기 때문이다.

인물이 없다고 한탄하는 그 사람이

인물이 되려고 노력을 하지 않지 않는가.

그대는 나라를 사랑하는가."

도산 선생은 독립운동가이자 정치인으로서

대한의 후손을 위한

조언도 아끼지 않았습니다.

"공적은 '우리'에게로 돌리고

책임은 '나'에게로 돌리자."

지금 되씹어 봐도 구구절절
가슴에 와 닿는 조언입니다.
공적은 '나'에게로 돌리고
책임은 '우리'에게 돌리는
2022년 대한민국 정치인들을 향한
뼈아픈 충고로 들립니다.

결국 '그릇의 크기'더군요.
우리가 크게 보고
크게 받아들이지 않는 까닭입니다.
종교도 그렇고,
정치도 그렇습니다.

도산 선생은 심지어 이런 말까지 했습니다.

"남의 의견이 나와 다르다 해서
그를 미워하는 편협한 태도를 지니지 않는다면
세상에 화평이 있을 것이다."

나의 편,

나의 신앙,

나의 진영만 담아내는

작은 그릇을 가진 우리에게

도산 안창호 선생은 '큰 그릇'을 가지라고

간곡하게 말합니다.

3.

"최고의 보약은
감사하는 마음"

동양 종교에서는
사람을 '소우주'라고 봅니다.
비단 종교만
그런 것은 아닙니다.
한의학에서도 사람의 몸을
'소우주'라고 봅니다.
한의학은 동양 철학에
바탕을 두고 있으니까요.

원불교 손흥도 교무를

만난 적이 있습니다.

그는 종교인이자 한의사입니다.

원광대 한의과대 학장까지 역임했습니다.

손 교무는 사람의 몸과 우주가

어떻게 닮았는지

하나씩 짚어가며 설명했습니다.

"사람의 머리가 둥근 것은

하늘을 본받았고.

발이 모난 것은

땅을 본받았기 때문이다."

인체의 가장 위인 머리와

가장 아래인 발이

하늘과 땅을 닮은 것이라 했습니다.

하늘과 땅.

그럼 그 사이에 있는 것들은

어떻게 닮았을까요.

머리와 발바닥,

그 사이에 있는 것들 말입니다.

인체의 오장육부 말입니다.

_____ #궁궁통2

손홍도 교무는 그에 대한 답을

이렇게 풀었습니다.

"하늘에는 사시(四時)가 있고

사람에게는 사지(四指)가 있다."

듣고 보니 그렇습니다.

하늘에

봄·여름·가을·겨울의 사시(四時)가 있듯이,

사람에게는

두 팔과 두 다리를 합해 사지(四指)가 있습니다.

"하늘에는 오행이 있고,

사람에게는 오장이 있다.

하늘에게는 육극이 있고,

사람에게는 육부가 있다."

우주 만물을 이루는 구성 요소가

금(金), 수(水), 목(木), 화(火), 토(土)의

오행(五行)이듯이,

사람의 몸을 이루는 내장은

간장, 심장, 비장, 폐장, 신장의

오장(五臟)으로 돼 있습니다.

동양에서는 하늘과 땅,

그리고 동서남북 사방을 합해

육극(六極)이라 부릅니다.

이런 우주를 닮은 사람의 배 안에는

위, 큰창자, 작은창자, 쓸개, 방광, 삼초의

육부(六腑)가 있습니다.

그뿐만 아닙니다.

손 교무는 사람 몸의 뼈도
우주를 닮았다고 했습니다.

"하늘에는 365도가 있고
사람에게는 365골절이 있다."

_____ #궁궁통3

사람의 몸이 우주를 닮았다,
그게 뜻하는 바가 뭘까요.
간단합니다.
우주가 돌아가는 이치대로
사람의 몸도 돌아가라는 뜻입니다.
그게 자연스러우니까요.

손 교무는 무엇보다
"막힘 없이 흘러라"고 했습니다.

봄과 여름, 가을과 겨울 사이에는
막힘이 없습니다.
계절과 계절이 오갈 때를 보세요.
아무런 막힘이 없습니다.
하늘과 땅 사이도 그렇습니다.
자연에도, 하늘에도, 우주에도
아무런 막힘이 없습니다.
그저 자연스럽게 통하고.
자연스럽게 흐를 뿐입니다.

손 교무는 사람도 그렇다고 했습니다.

"막힐 때 사람에게는 병이 온다.
 몸도 그렇고, 마음도 그렇다.
 막히면 병이 생긴다.
 사람과 사람 사이도 그렇지 않나.
 소통이 안 되고 막히면
 우울증이 오게 마련이다.
 그래서 통해야 한다.
 통하고 흘러야 한다."

말은 쉽습니다.

막힘 없이 살고도 싶습니다.

그런데 어떡해야 할까요.

막힘 없이 살려면

구체적으로 무엇을 어떻게 해야 할까요.

손 교무는 한의원 바깥에 있는

종로 5가의 가로수를 가리켰습니다.

"저 밖에 서 있는 가로수들을 보세요.

버스가 내뱉는 매케한 매연 속에

서 있는데도 말이 없습니다.

왜 하필 나는 여기에 심어졌을까,

왜 하필 바람이 많은 곳에 심어졌을까,

왜 하필 매연 속에 심어졌을까.

그런 원망이 없습니다.

자연은 그렇습니다.

우주는 그렇습니다."

손 교무는 그것을 "지혜"라고 불렀습니다.

"삶의 시련은 항상

내가 견딜 수 있을 만큼 오는 겁니다.

거센 바람이 지나가면

나무는 더 튼실해집니다.

그런데 이미 지나간 시련을

가슴속에 원망으로 안고 있으면

막히게 됩니다.

몸도 막히고,

마음도 막히게 됩니다.

그래서 병이 생깁니다."

_____ #궁궁통4

그래도 물었습니다.

좀 더 구체적으로 어떡해야 하는지,

막히지 않는 방법을 하나

일러달라고 했습니다.

손 교무는 '최고의 보약'이라며
주머니를 하나 건넸습니다.
다름 아닌 "감사하는 마음"입니다.

　"항상 감사하는 마음이
　　최고의 보약입니다."

그게 마음도 치유하고.
몸도 치유한다고 했습니다.

이 말 끝에 손 교무는 시소 이야기를
꺼냈습니다.
한쪽이 올라가면,
다른 쪽이 내려오는
놀이터의 시소 말입니다.

　"사람 몸에는 물의 기운(水氣)과
　　불의 기운(火氣)이 있다.
　　둘이 서로 균형을 이루어야 한다.
　　가령 화를 내면

불의 기운이 머리 위로 올라간다.

그때 물의 기운을 잘 채워야

불의 기운이 아래로 내려온다.

그래야 균형을 찾게 된다."

어떡해야 물의 기운을 채울 수 있는지
물었습니다.

손 교무는 "땅을 많이 밟으라"고 했습니다.

"땅에는 우주의 지기(地氣)가 있다.

사람이 맨발로 땅을 밟으면

그 기운이 채워진다.

그게 물의 기운(水氣)이다.

화가 나서 머리가 뜨거울 때

땅바닥을 걸어보라.

좀 지나면 머리의 뜨거운 기운이

아래로 내려간다.

수기(水氣)가 화기(火氣)를

밑으로 끌어내린다.

사람은 땅을 밟으며 수기를 충전한다.

사람의 발바닥은

수기를 충전하는 통로다."

4。

성균관의 차례상과
예수의 안식일

_____ #궁궁통1

한국 사회에서 유교 문화를 이어온
성균관이 그저께 놀라운 발표를 했습니다.
다름 아닌 '추석 차례상 표준안'입니다.

성균관에서 내놓은 '추석 차례상 표준안'은
상차림부터 간소했습니다.

수저와 잔, 송편이 뒤쪽에

나물과 구이, 김치가 중간에
몇 가지 과일이 제일 앞에 있었습니다.

보기만 해도
깔끔하고 단출했습니다.

성균관에서는 한마디 덧붙였습니다.

"이렇게 추석 차례상을 차려도
예법에 어긋나지 않는다."

_____ #궁궁통2

그렇게 간결하게 차례상을 차려도
예법에 어긋나지 않는다니,
이 말을 듣고 마음을 놓는 사람이
어디 한둘일까요.

다들 그러지 않았을까요.

추석 상차림을 간결하게 하고 싶어도

행여 돌아가신 조상님께 결례가 될까 봐,

후손의 정성이 부족하다고

무슨 문제라도 생길까 봐,

집안의 어르신들이 싫어하실까 봐,

이런 눈치 저런 눈치 보며

망설이지 않았을까요.

그런데 유교를 관장하는 성균관에서

심판을 자처하며 결론을 내렸습니다.

성균관 의례정립위원회 최영갑 위원장은

이렇게 강조했습니다.

　　"예의 근본 정신을 다룬

　　　유학 경전『예기(禮記)』의 '악기(樂記)'에 따르면

　　　큰 예법은 간략해야 합니다(大禮必簡)."

대례필간(大禮必簡).

이 네 글자를 보면서

저는 '정신'을 보았습니다.

예(禮)의 그릇은 형식이고 격식이지만,

그 그릇에 담기는 내용물은 정신이고 마음임을

대례필간의 네 글자는 설하고 있습니다.

더구나 큰 예법일수록

마음을 더욱 중시한다고 했습니다.

형식은 간결하고,

마음은 그득하게 말입니다.

_____ #궁궁통3

사실 성균관이 이번에 내놓은

'추석 차례상 표준안'은

늦어도 한참 늦은 감이 있습니다.

왜냐고요?

그동안 한국 사회에서 빚어진

명절의 후유증이 너무나 컸기 때문입니다.

성균관 측은 이런 고백도 덧붙였습니다.

> "명절만 되면 '명절 증후군'과
> '남녀 차별'이란 용어가 난무했다.
> 심지어 명절 뒤끝에는
> '이혼율 증가'로 나타나는
> 사회 현상을 모두 우리 유교 때문이라는
> 죄를 뒤집어써야 했다.
> 유교의 중추 기관인 성균관은
> 이러한 사회 현상이 잘못된 의례 문화에
> 기반함을 알고 있으면서도
> 오랫동안 관행처럼 내려오던
> 예법을 바꾸지 못했다."

생각해 봅니다.
명절은 무엇을 위해서 존재하는 걸까.
그렇습니다.
가족의 화목과

나의 뿌리에 대한 감사.

이 둘 아닐까요.

추석 명절을 계기로

오랜만에 가족이 만나고,

더 화목하고 행복해지는 게

추석의 취지에 맞겠지요.

그동안 우리의 현실은

많이 달랐습니다.

추석을 계기로

가족 간 갈등이 증폭되기 십상이었습니다.

추석 상을 차리며

음식을 준비하는 과정이

그런 갈등의 기폭제가 되곤 했습니다.

제사와 명절 차례 등은

모두 유교 문화입니다.

이제라도 성균관에서 해법을 내놓았다는

사실이 참 반갑습니다.

성균관에서 내놓은
추석 차례상의 가이드라인은
여러모로 놀랍습니다.

명절 때마다 쪼그리고 앉아서
전을 부치느라 고생하는데,
그럴 필요가 없다고 했습니다.
기름에 튀기거나 지진 음식은
차례상에 꼭 올리지 않아도 된다고 했습니다.

또 있습니다.
차례상에 음식을 올릴 때,
'홍동백서' '조율이시' '어동육서' 등을
따지지 않았습니까.
그런데 이런 기준이
예법에는 없는 것이라고 합니다.

퇴계 이황의 종갓집 제사상을 보면

밥과 국, 전과 포, 과일 몇 개를 준비할 뿐,
상다리가 휘도록 차리지 않습니다.

원래 명절 차례상은 간결했다고 합니다.
조선 후기에 돈을 주고
양반을 산 사람들이 부쩍 늘면서
자격지심에 차례상과 제사상을
거하게 차렸다고 합니다.

따지고 보면
종교의 역사도 그렇습니다.
처음에는 마음과 정신이 핵심입니다.
세월이 흐르면서
그걸 지키기 위해
제도와 격식이 생겨납니다.
세월이 더 흐르면
어느새 주객이 전도돼 있습니다.
마음과 정신은 온데간데 없고
형식과 제도가 주인이 돼 있습니다.
어느덧 사람들은 그곳을 향해

절을 하고 있습니다.

유교 문화인 제사와 차례도
마찬가지이겠지요.

이스라엘의 유대 문화에서
안식일을 지키는 건
목숨이 걸린 일이었습니다.
유대 율법에 따르면
안식일을 지키지 않는 자는
사형에 처한다고 돼 있으니까요.
이 역시 처음에 안식일이 생겨난
이유는 망각해 버리고.
안식일을 지키는
격식만 남아버린 셈이었습니다.

이걸 뚫어본 예수님은 말했습니다.

"안식일이 사람을 위해 있는 것이지,
사람이 안식일을 위해 있는 것이 아니다."

추석 차례상도 마찬가지 아닐까요.

추석이 사람을 위해
있는 것이지,
사람이 추석을 위해
있는 것은 아니니까요.

5。

왜 사막의 종교는 오로지 유일신인가…
최고 성서 신학자의 답

정양모 신부는 올해 88세입니다.
'성서 신학의 최고 권위자'를 꼽으라면
학계에서는 다들
가톨릭의 정양모 신부를 꼽습니다.

성경을 바라보는
정 신부의 안목과 해석은
깊고도 탄탄합니다.

그는 외국어에도 일가견이 있습니다.
프랑스어와 독일어, 영어는 물론이고
예수님이 일상생활에서 썼던 언어인
아람어와 히브리어,
당시의 외교용 언어였던 그리스어와 라틴어에도
능통합니다.
물론 여기에는 프랑스에서 3년, 독일에서 7년간
공부한 이력이 바탕에 있습니다.

정양모 신부와 인터뷰를 하는 날은
참 즐거운 날입니다.

평범한 점퍼 차림에
늘 수수한 모습이지만,
질문에 답을 할 때는
깊은 눈으로 길어 올린
울림과 날카로움이
인터뷰 공간을 가득 채우니까요.
저는 그 여운이 좋습니다.

그렇다고 정양모 신부를
교리와 학설, 이론으로만
무장된 신학자로 본다면
큰 오산입니다.

그는 15년 넘게 다석학회 회장을 맡으며
'기독교 도인'으로 불리던
다석(多夕) 유영모 선생의 영성을
좇고 있습니다.
그래서 정 신부의 안목은
여러모로 각별합니다.

저는 경기도 용인의 자택에서
이렇게 물은 적이 있습니다.

"종교는 무엇인가?"

종교학자에게 '첫 단추'를
묻고 싶었습니다.
그래야만 두 번째 질문도
길을 잃지 않을 것 같았습니다.
정 신부는 이렇게 답했습니다.

"인생의 의미를 찾는 것이다."

모든 동물은 먹거리에 탐닉합니다.
그런데 인간은 다르다고 했습니다.
그게 참 이상하다고도 했습니다.

"인간은 의식주를 넘어서는
초월의 세계를 찾는다.
그게 인간이라는
동물의 특성이다."

그렇습니다.
인간은 유한한 존재입니다.
태어나면 반드시 죽어야만 하는

존재입니다.

문제는 인간이 그걸 너무나도 분명하게

인식하고 있다는 사실입니다.

그래서 절망합니다.

소멸할 수밖에 없는 유한성에,

죽을 수밖에 없는 운명에

인간은 철들자마자

절망하고 맙니다.

그래서 뒤꿈치를 듭니다.

처음에는 살짝,

그다음에는 껑충껑충 듭니다.

죽음이라는 담장,

그 너머를

보려고 애를 씁니다.

무진장 애를 씁니다.

정양모 신부는 그게 바로

'초월성'이라고 했습니다.

"인간이 지상에 출현한 연대를 두고
여러 학설이 있다.
대략 40만 년 전에 사하라 사막 이남의
아프리카에서 흑인이 출현했다는 게
공통적 학설이다.
그게 우리의 원조다.
소위 '호모 사피엔스'라는 학명이 붙은
'생각하는 동물'이다.
이상하게도 이 동물은
의식주에 만족하지 않고
초월자 혹은 초월성을 찾는다.
종교는 거기서 생겨났다."

일목요연했습니다.
인류가 왜 종교를 필요로 하는지,
인류사에 왜 종교가 등장했는지 말입니다.

그래도 의문은 남더군요.

그럼 왜 유일신일까.

그리스도교는 왜 초월자를 찾고,

불교는 왜 초월성을 찾는 걸까.

이런 차이는 왜 생기는 걸까요.

이에 대한 정양모 신부의 답은

무척 흥미로웠습니다.

동시에 뜻밖이기도 했습니다.

그는 이렇게 설명했습니다.

　"지리적 풍토가 종교의 성격을

　　결정하더라."

처음에는 무슨 말인가 궁금했습니다.

지리적 풍토에 따라

초월자인가, 아니면 초월성인가가

결정된다니 말입니다.

정 신부의 설명을 하나씩 들으며
저의 고개도 조금씩
끄덕여지기 시작했습니다.

"유일신 종교는 사막에서 태어났다.
유대교와 그리스도교, 이슬람교가
모두 중동에서 태동했다.
이들은 하나같이 유일신의 계시를 받는
계시 종교다."

아시아의 평원에서 태어난 종교는
이와 다르다고 했습니다.

"평원에서 태어난 불교와 도교, 유교 등은
초월자가 아닌 초월성을 찾는다.
이러한 평원 종교는 인생에 대한 이치와
법칙을 찾아 나서는 이법(理法) 종교다."

왜 그런가, 저는 둘의 차이를 물었습니다.
초월자와 초월성, 왜 그렇게 갈라지는지 말입니다.

"사막은 메마른 곳이다.

　사람이 살기가 참 어렵다.

　스스로 인생을 감당하기가 거의 불가능하다.

　그러니까 초월자를 찾게 된다.

　그 초월자는 유일신의 형상으로 나타난다.

　그리고 유일신에게 가는 길도 한 길뿐이다."

왜 한 길뿐인가, 저는 다시 물었습니다.

"사막의 풍토를 보라.

　광활한 사막에서 사람이 살 수 있는 곳은

　오아시스뿐이다.

　물이 솟아나는 오아시스 하나뿐이다.

　그러니 하나님 한 분뿐이라고

　생각하기가 쉽지 않았겠나.

　생명을 주시는 분이니까.

　오아시스처럼 말이다."

그 말을 듣고 저는 눈을 감았습니다.

그리고 그려보았습니다.

끝없이 펼쳐진 광활한 사막,

그 위로 작열하는 태양,

생명의 자취가 거의 없는 삭막함,

그 안에 찍힌 딱 하나의 점.

오아시스.

물이 솟는 곳.

생명이 솟는 곳.

나를 살리는 곳.

내가 살 수 있는 곳.

가야만 하는 곳.

살기 위해서 매달려야 하는 곳.

정양모 신부가 제게 물었습니다.

"사막에서 오아시스와 오아시스를
연결하는 길이 뭔지 아는가?"

멀뚱멀뚱 쳐다보는 저에게 정 신부는
"그게 대상(隊商)의 길이다"라고 했습니다.

낙타의 등에 짐을 잔뜩 싣고
사막의 모래 언덕 위를 줄지어 이동하는
사막 상단의 길입니다.
그 길이 점에서 점으로 연결돼 있다고 했습니다.
그 점이 바로 오아시스입니다.

"황량한 사막에서
이 길을 벗어나면 어찌 되겠나.
죽음뿐이다.
그래서 길은 하나다.
오아시스로 가는 길은 하나뿐이다.
생명의 길은 오직 하나다."

그래서 초월자도 한 분,
초월자에게 인도하는 구세주도 한 분,
예언자도 한 분이라고 했습니다.

저는 정 신부의 해석을 들으며
대단하다는 생각이 들었습니다.
성서 신학의 최고봉이라는 평가를 받는데도,

교리적인 틀이나 학문적인 뻔함에 갇히지 않고
역사와 지구와 인간을 꿰뚫어가며
자신만의 통찰을 내놓는 그가
진심으로 존경스러웠습니다.

_____ #궁궁통4

저는 마지막 남은 질문을 던졌습니다.

"그럼 아시아의 평원에서 태동한 종교는
왜 초월자가 아닌 초월성을 찾나?"

정 신부는 차분하게 답을 이어갔습니다.

"평야에서는 사람이 사막처럼 위기를
느끼지 않는다.
무엇보다 먹거리가 풍부하다.
강도 있고 마실 물도 넉넉하다.

사람이 살기에 딱 좋은 곳이다.

그런 곳에서는 초월자인 유일신을

찾아 나서지 않고,

초월성의 진리를 찾아 나서더라."

저는 그 말을 들으며 생각했습니다.

자연이 내뱉는 숨을 인간이 들이마시고,

인간이 내뱉는 숨을 종교가 들이마시고,

종교가 내뱉는 숨을 다시,

우주가 들이마시는구나.

이런 맥락에

어떤 분은 고개를 끄덕이고,

또 어떤 분은 고개를 저을 수도 있습니다.

초월자가 맞다,

아니다 초월성이 맞다며

거세게 반박할지도 모릅니다.

그런데 방점은 초월자나 초월성이 아니라

'초월'에 찍힌다고 봅니다.

다석 유영모 선생은 "없이 계신 하느님"이란
표현을 종종 썼습니다.
정양모 신부는 그 표현을 예로 들며 말했습니다.

"절대 초월자는 우리 마음에 내재해 계신다.
여기서는 초월자와 초월성이
양분돼 있는 게 아니라,
하나로 통일돼 있다."

결국 사막이냐, 평원이냐의 문제가
아닙니다.
인간이 가진 초월적 지향의 문제입니다.
우리가 방점을 찍을 곳은
바로 거기가 아닐까요.

6.

공민왕 스승 나옹 선사…
"청산은 나를 보고 말없이 살라 하네"

_____ #궁궁통1

'청산은 나를 보고 말없이 살라 하고
창공은 나를 보고 티없이 살라 하네
노여움도 내려놓고 아쉬움도 내려놓고
물같이 바람같이 살다가 가라 하네.'

이 한시를 쓴 사람은 나옹(懶翁, 1320~1376) 선사입니다.
우리는 '나옹 선사' 하면 "청산은 나를 보고…"를 쓴
고려 시대 스님 정도로만 알고 있습니다.

그런데 나옹 선사는 한국 불교사에서 빼놓을 수 없는 걸출한 인물이었습니다.

나옹 선사는 고려 말 공민왕의 스승이었습니다.
또 무학 대사의 스승이기도 했습니다.
무학 대사는 조선을 건국한
이성계의 왕사(王師)였습니다.
이뿐만 아닙니다.
나옹 선사는 인도의 붓다, 중국의 선사에
얽매이지 않고
자신의 깨달음을 우리말로 풀어냈던 사람입니다.
내면에 확고한 견처(見處, 깨달음의 자리)가 없다면 불가능한 일입니다.

그런 나옹 선사를 "청산은 나를 보고 말없이 살라 하고" 정도로만
기억하는 건 너무 아쉬운 일입니다.
당시 나옹 선사는 고려는 물론이고 중국에서도
이름을 드날렸던 고승이었습니다.

나옹 선사는 출생부터 험난했습니다.
고향은 경북 영덕이었습니다.

아버지는 지방의 하급 관리였고, 집안 형편은 어려웠습니다.
세금을 내지 못해 관가로 끌려가던 만삭의 어머니가 길에서 아이를 낳았다고 합니다.
그가 바로 나옹 선사입니다.
그러니 날 때부터 생사를 넘나든 셈입니다.

스무 살 때였습니다.
가장 가까이 지내던 친구가 죽어버렸습니다.
젊은 나이에 느닷없이 찾아온 죽음,
그는 주위 어른들을 붙잡고 물었습니다.

　　"사람은 왜 죽습니까.
　　　죽으면 어디로 가는 겁니까.
　　　사람은 왜 죽어야만 하는 겁니까."

아무도 답을 주지 않았습니다.

얼마 후에는 아버지도 세상을 떠났습니다.

나옹은 절망했습니다.

삶이 무엇인지, 죽음이 무엇인지도 모르는데

숨을 거두어야만 하는 인간의 생이

그는 너무 절망스러웠겠지요.

나옹은 결국 경북 문경의 묘적암으로 갔습니다.

거기서 머리를 깎고 출가를 했습니다.

삶과 죽음은 그에게 거대한 물음표였습니다.

그걸 풀기 위해 그는 출가자가 됐습니다.

사실 부처님의 출가 이유도 그랬습니다.

누구도 피할 수 없는 인간의 생사(生死),

그 문제를 풀기 위해 부처님도 출가를 했습니다.

그들에게 삶과 죽음의 문제는

인간이 풀어야 할 '첫 번째 단추'였으니까요.

나옹은 묘적암을 거쳐 경기도 양주의 회암사로 갔습
니다.
거기서 마음을 모으고 수행한 끝에 4년 만에 눈이 열
렸습니다.

나옹은 자신의 깨달음을 짚어보기 위해 중국으로 건
너갔습니다.
당시 중국 땅은 몽고족이 세운 원나라가 차지하고
있었습니다.
물론 고려와는 갈등 관계이기도 했습니다.

원나라의 수도 옌징(燕京, 지금의 베이징)에는
인도 마가다국 왕자 출신인 지공(指空) 선사가 머물
고 있었습니다.
사람들은 그가 가섭으로부터 내려오는 부처님 법맥
을 잇는 108대(代) 조사(祖師)라 하여 "서천국108조
(西天國百八祖)"라고 불렸습니다.

나옹 스님은 지공 선사를 찾아갔습니다.

지공 선사가 물었습니다.

"어디서 왔는가?"

"고려에서 왔습니다."

"배로 왔나, 육지로 왔나, 신통력으로 왔나?"

"신통력으로 왔습니다."

"신통력을 한번 보여보라"

나옹 스님은 아무 말 없이 지공 선사에게 다가가

두 손을 맞잡고 서 있었습니다.

배를 타고 오거나 육지로 걸어오는 건 몸이 오는 겁

니다.

불가(佛家)의 깨달음은 그 몸이 본래 공(空)함을 깨치

는 겁니다.

그때 진리가 드러나고, 진리와 통하게 됩니다.

나옹 선사는 그게 바로 '신통(神通)'임을 보여줍니다.

신기한 기적이나 불가능해 보이는 마술이 신통이 아

닙니다.

나옹에게는 떠들든, 침묵하든, 밥을 먹든, 잠을 자든
모두가 신통입니다.

내가 아니라 진리가 하기 때문입니다.

그래서 지공 선사에게 다가가 가만히 손을 잡았습니다.

그 자체가 신통이니까요.

지공 선사를 처음 만났을 때,

나옹 스님은 이미 상당한 경지였습니다.

마음 밖에서 신(神)을 찾는 게 아니라

마음 안에서 찾은 신을 몸소 보여주니까요.

이런 나옹에게 지공 선사는

"선에는 안이 없고 법은 밖이 없다(禪無堂內法無外)…"
는 말로

고개를 끄덕였습니다. 그리고 제자로 받아들였습니다.

나중에는 깨달음에 대한 인가(印可)의 징표인 가사
(袈裟)까지 전수했습니다.

인도의 석가모니 부처로부터

제자 가섭을 통해 내려오던 선맥(禪脈)이
108대 조사 지공 선사를 거쳐 나옹에게 전해졌습니다.
나옹 선사의 선맥은 다시 무학 대사로 이어지고,
조선 선(禪)불교의 든든한 토대가 됐습니다.

_____ #궁궁통4

깨달음에 대한 인가는
스승이 마음으로 도장을 "꽝!" 찍어주는 겁니다.
나옹 스님은 지공 선사의 도장만 받은 게 아니었습니다.

중국은 친링 산맥과 화이허(淮河)강을 기준으로
강북(江北)과 강남(江南)으로 나뉩니다.
당시 중국의 강북에는 조동종(曹洞宗)이 중심이었고,
강남에는 임제종(臨濟宗)이 중심이었습니다.
조동종의 가르침이 부드럽고 자상하다면,
임제종의 가르침은 거칠고 용감했습니다.

나옹 스님은 옌징을 떠나 중국 땅을 주유했습니다.

선지식들을 찾아다니며 점검을 했습니다.

강남 땅으로 간 나옹 스님은 임제종의 선맥을 잇는 평산(平山) 선사에게서도

마음의 도장을 받았습니다. 심지어 평산은 나옹에게 가사와 불자(拂子, 번뇌를 털어내는 걸 상징하는 불교의 도구)를 전했습니다.

사실 따지고 보면 놀라운 대목입니다.

중국인 중에도 숱한 출가자와 수도자가 있었을 테니까요.

나옹은 그중에서도 '군계일학'의 존재였던 겁니다.

그렇지 않고서야 지공 선사나 평산 선사가

머나먼 고려에서 온 나옹에게 굳이 가사를 전할 리는 없으니까요.

나옹 선사는 인도의 선맥과 중국의 선맥,

양쪽에서 모두 마음의 도장을 받았습니다.

그런 인물이 우리 역사에 있습니다.

생각할수록 참 뿌듯합니다.

나옹 선사는

당시 원나라 수도에 머물던

숱한 고려인들의 자부심이었다고 합니다.

나옹 선사는 꼬박 10년간 중국 땅에 머물렀습니다.

그리고 다시 고려로 돌아왔습니다.

고려에서 법문을 할 때도 나옹 선사는

인도 불교의 어법과 중국 불교의 어법에 갇히지 않

았습니다.

체화된 깨달음을 자신의 말로, 고려의 언어로

쉽게 풀어서 대중에게 전했습니다.

#궁궁통5

고려 시대에는 한글이 없었습니다.

나옹 선사의 법문도 한자로만 기록돼 있습니다.

참 아쉬운 대목입니다.

우리말 그대로, 나옹 선사가 드러냈던 어투를

218

그대로 들을 수 없다는 건 애석한 일입니다.

그렇지만 나옹 선사의 한시 속에 깃들어 있는
우리의 고유한 정서는 그대로 살아 있습니다.

"청산은 나를 보고 말없이 살라 하고
창공은 나를 보고 티없이 살라 하네"

3·4·3·4의 음절이
마치 우리 몸속에 흐르는
아리랑 가락이 다시 살아나는 듯합니다.

청산의 법문과
창공의 법문을 들으며
나옹 선사는 깨달음의 법을 펼쳤습니다.

중국에서 고려로 돌아왔을 때
나옹 선사는 불과 37세였습니다.

7.

"창공은 나를 보고
티없이 살라 하네"

_____ #궁궁통1

중국에서 고려로 돌아왔을 때

나옹 선사는 37세였습니다.

지금 나이로 치면

젊디젊은 나이입니다.

나이에 비해 나옹의 내공은 전혀 달랐습니다.

나옹이 중국에 머물 때였습니다.

스승인 지공 선사는 원나라 수도였던 옌징에서

가장 유명한 스님이었습니다.

지공 선사 밑에는 숱한 중국 스님들이 있었습니다.

대부분 선방에서 참선하며 진리를 찾아가는

선승(禪僧)이었습니다.

지공 선사는 그 많은 스님을 제치고

고려 땅에서 온 나옹에게 '판수(板首)'를 맡겼습니다.

중국에서는 과거 시험에서 첫째로 합격한 사람을

'판수(板首)'라고 불렀습니다.

우리말로 하면 '장원급제'쯤 되겠지요.

당시 중국의 선종 사찰에서는

수행하는 스님들 중에서

가장 윗스님을 '판수(板首)'라고 불렀습니다.

한국에서는 지금도 총림(叢林, 강원·선원·율원을 모두

갖춘 큰 사찰)에서

최고 지도자인 방장 아래 이인자를 '수좌(首座)'라고

부릅니다.

나옹 스님은 중국에서 10년간 머물렀습니다.

당시 나이는 27~37세였습니다.

그런데도 지공 선사는 나옹에게 판수를 맡겼습니다.
나이는 비록 젊지만 깨달음의 안목이 달랐던 겁니다.
다른 스님들을 능히 일깨우고 가르칠 수 있다고 본
겁니다.

사실 지공 선사와 나옹 스님은
스승과 제자 사이였지만,
서로의 소리를 알아듣고 고개를 끄덕일 수 있는
서로의 '지음(知音)'이었습니다.
산에 부는 푸른 바람과 강 위에 뜬 달을 담아내는
백아의 거문고 소리를
오직 친구였던 종자기만 알아들었던 것처럼 말입니다.

『나옹화상어록』에는 지공 선사와 나옹 스님이 주고
받는 둘만의 거문고 소리가 고스란히 담겨 있습니다.

하루는 나옹 스님이 시를 지어 지공 선사에게 드렸
습니다.

> "이 마음 어두우면
> 산은 산, 물은 물인데
> 이 맘 밝아지면
> 티끌 티끌이 한몸이네.
> 어둠이랑 밝음이랑 함께
> 거두어 버리니,
> 닭은 꼬끼오, 새벽마다
> 꼬끼오."

이 시에는 나옹의 눈이 담겨 있습니다.
어두웠던 눈이 밝아지자
세상이 어떻게 달라져 보이는지,
시적인 표현과 깊은 울림으로
나옹은 노래하고 있습니다.

마음이 어두울 때는 '산 따로 물 따로'입니다.
그래서 "산은 산, 물은 물"입니다.
나와 너 사이에는 분리의 강물이 흐릅니다.
둘은 하나가 되질 못합니다.

마음이 밝아지자 달라집니다.
산도 비었고, 물도 비었음을 깨닫습니다.
이제는 '산 따로 물 따로'가 아니라
산과 물이 서로 통합니다.

그뿐만 아닙니다.
산과 물만 비어 있는 게 아닙니다.
나를 괴롭히는 온갖 번뇌도
본래 비어 있음을 알게 됩니다.

내 마음에 쌓이는 띠끌을
닦고 쓸고 치우려고
그렇게도 애를 썼는데,
이제는 띠끌을 치울 필요가 없습니다.
띠끌은 그대로 있지만,

띠끌 자체가 비었음을 깨쳤기 때문입니다.

그래서 나옹 선사는
"띠끌 띠끌이 한몸이네"라고 노래합니다.
나옹의 깨달음이
어둠과 밝음을 나누는 이분법적 나눔을
거두어 버립니다.

바로 그때 닭이 웁니다.
"꼬~끼~오!"

새벽마다 웁니다.
"꼬~끼~오!"

그건 누가 우는 걸까요.

그렇습니다.
세상이 몸을 비울 때 비로소 들리는
부처의 소리입니다.

나옹 스님의 시를 읽고서
지공 선사는 이렇게 화답했습니다.

"나도 아침마다 징소리를 듣는다네."

나옹의 거문고 소리,
나옹의 닭울음 소리를
지공 선사는 빠짐없이 알아듣고
마음으로 고개를 끄덕였습니다.

둘의 소리는 그렇게 통했습니다.
그러니 서로의 '지음(知音)'이었습니다.

_____ #궁궁통3

몽고 제국은 아시아는 물론
유럽까지 손을 뻗쳤습니다.
원나라는 그런 몽고족이 세운 나라였습니다.

몽고에 의해 강남으로 밀려난 중국인들도 마찬가지였습니다.

오랜 세월 자신들이 세상의 중심이라고 믿었습니다.

아무리 절집이지만

동방의 고려 땅에서 온 나옹 스님을 무시하는 일이 없었을까요.

실제 그런 일화도 있었습니다.

나옹 스님이 중국 절강성 항현 남병산에 있는 절을 찾았습니다.

거기서 나이 드신 스님이 물었습니다.

　　　"스님 나라에도 참선법이 있는가?"

나옹이 고려 출신임을 알고

무시하는 발언이었습니다.

물론 그 밑에는 중국인 특유의 중화사상이 깔려 있었겠지요.

이에 나옹 스님은 게송(절집에서 스님들이 짓는 시)으

로 답을 했습니다.

　　"해 뜨는 우리나라에서 해가 떠야

　　강남 땅 산과 바다는

　　함께 붉어집니다.

　　그런 말씀 마시지요,

　　우리는 우리

　　너는 너라고,

　　신령한 빛이야

　　언제나

　　그 빛이지요."

멋지고 통쾌하지 않습니까.

대륙의 동쪽 끝이라 우리나라는 예부터 '동국(東國)'

이라 불리었습니다.

그런데 동쪽 끝에 있는 고려에서 해가 떠야

비로소 중국 대륙의 강남과 강북에도 빛이 들어오는

법입니다.

그래서 함께 붉어지는 겁니다.

나옹의 지적은 여기서 그치지 않습니다.
우리는 우리, 너는 너라고 나누고 분별하는
그 마음을 돌리라고 일갈합니다.

사람의 마음속에 있는 신령한 빛은
동과 서를 나누지 않고,
남과 북을 가르지 않는,
언제나 신령한 그 빛이기 때문입니다.

나옹은 깨달음의 눈으로
반박과 지적과 가르침을
동시에 전한 셈입니다.

그 노스님은 아무런 말도 못했습니다.

이 일화만 봐도 나옹 선사가
왜 당시 중국에 살던 고려 유민의 자부심이었는지
짐작이 가고도 남습니다.

나옹 선사가 중국에서 고려로 돌아왔을 때는
공민왕 7년이었습니다.

당시 공민왕은 반원(反元) 노선을 천명하며
고려의 자주성을 되찾고자 깃발을 올렸습니다.

나옹은 고려로 돌아온 지 4년 만에 공민왕을 만났습니다.
공민왕과 노국 공주는 나옹 선사에게
나라에서 세운 절인 신광사의 주지가 되기를 청했습니다.
나옹이 한사코 사양하자
공민왕은 "저도 불법(佛法)에서 물러나겠습니다"라며
배수진을 쳤습니다.
결국 나옹 선사는 신광사 주지를 맡았습니다.

나옹이 신광사에 머물 때였습니다.
북녘땅에서 홍건적이 고려로 쳐들어 왔습니다.

대륙에서 원나라와 싸우다 쫓기던 홍건적이
고려를 향해 남하한 것입니다.

당시에는 굉장한 난리였습니다.
임금은 물론이고 도성의 백성도 모두 피난을 갔습니다. 이때 공민왕은 고려의 수도인 개경(지금의 개성)을 떠나
경북 안동까지 피난을 가야 했습니다.

주위 스님들은 나옹 선사에게도 몸을 피할 것을 청했습니다.
나옹은 거절했습니다.
"인연이 있으면 살 것입니다. 홍건적인들 어찌하겠습니까?"
나옹 선사는 텅 빈 도성에서 그렇게 신광사를 지켰습니다.

삶과 죽음에 초연한 나옹 선사의 모습에
사람들은 큰 감동을 받았습니다.

심지어 나옹 선사를 찾아온 홍건족의 우두머리는
깊은 감화를 받고서 침향(沈香) 한 조각을 스님께 올
렸다고 합니다.

_____ #궁궁통5

홍건적이 물러가자 나옹 선사는
신광사를 떠나 강원도 평창의 오대산으로 갔습니다.
지금도 오대산 상원사 북대에는
나옹 선사가 좌선을 했다는 '나옹대'가 남아 있습니다.

또 북한의 금강산에는 나옹 선사가 직접 바위에 새
겼다고 전해지는
마애불인 '묘길상'이 있습니다.

예전에 금강산 내금강에 갔을 때
묘길상 앞에 선 적이 있습니다.
둥그런 얼굴에 온화한 미소,

묘길상 마애불은 고려인의 얼굴이었습니다.

조각 하나하나에
나옹 선사의 손길이 직접 닿았다고 생각하니
가슴 뭉클했던 생각이 납니다.

37세에 고려로 돌아온 나옹은
20년 뒤인 57세에 경기도 여주의 신륵사에서 입적했습니다.
그때가 1376년 5월 보름날이었습니다.

나옹 선사가 입적하자
중국은 사람을 보내 스님의 사리를 가져가고
일본에서는 스님의 영정을 모셔갔습니다.
나옹의 명성은 동북아에서도
이미 널리 알려져 있었습니다.

포은 정몽주, 야은 길재와 함께 '삼은(三隱)'으로 불리던 고려 말의 충신 목은 이색은 나옹 선사의 빗돌(비석)에 이렇게 기록했습니다.

"한평생 세속의 문자를 익히지 않으셨으나
글을 청하는 사람이 있으면 붓을 들어 그 자리
에서 써주셨는데,
아무런 힘들임 없이 짓는데도
그 이치와 멋이 깊고 그윽했다."

나옹 선사는 공민왕의 스승이었고,
무학 대사의 스승이었습니다.
무학 대사는 조선을 건국한 태조 이성계의 왕사(王
師)였습니다.
고려와 조선을 잇는 건널목에
'나옹'이라는 걸출한 선사가 있어
이 땅에 '살아 숨 쉬는 불교'가 가능하게 했습니다.

700년 세월이 흘렀지만
나옹 선사의 노래는 여전히 우리의 가슴을 적십니다.

"청산은 나를 보고 말없이 살라 하고
(靑山兮要我以無語)
창공은 나를 보고 티없이 살라 하네

(蒼空兮要我以無垢)

노여움도 내려놓고 아쉬움도 내려놓고

(聊無怒而無惜兮)

물같이 바람같이 살다가 가라 하네

(如水如風而終我)."

3장

궁리하고, 바라보고, 버릴 줄 안다면

곧 자유로워집니다

1.

석공은 왜
활을 내려놓았을까

_____ #궁궁통1

중국의 남쪽 광저우에 기반을 둔

혜능 대사는

거대한 아름드리 나무였습니다.

그의 그늘에서 숱한 선사(禪師)들이

배출됐습니다.

그중 하나가

남악 회양(南岳 懷讓, 677~744) 선사였습니다.

남악의 제자 중 눈에 띄는 이가

마조 도일(馬祖 道一)이었습니다.

절집에서 마조는 육조 혜능의 손자에

해당했습니다.

탁월한 스승을 두었기 때문일까요.

마조 선사는 숱한 선문답 일화를

남겼습니다.

_____ #궁궁통2

마조 선사가 토굴에서 좌선을 마친 뒤

휴식을 취하고 있었습니다.

그때 갑자기 '석공(石鞏)'이란 사냥꾼이

토굴로 달려들어 왔습니다.

"혹시 이쪽으로 도망가던

사슴을 못 봤습니까?"

사슴을 쫓아오다가
방금 놓쳐버린 모양이었습니다.
허둥대던 사냥꾼과 달리
마조 선사는 차분하게 입을 뗐습니다.

"그대는 뭘 하는 사람인가?"

"보시다시피 저는 사냥꾼입니다."

얼른 사슴이 달아난 방향을 찾아야 하는데,
마조 선사는 자꾸 엉뚱한 질문을 던졌습니다.
사냥꾼은 속이 탔겠지요.

"사냥꾼이라,
그럼 활을 잘 쏘겠구먼."

"네, 잘 쏘는 편입니다."

마조 선사는 또 엉뚱한 질문을 던졌습니다.

"그럼 화살 하나로 몇 마리나 잡는가?"

이 물음에 사냥꾼이 대답했습니다.

"화살 하나로 한 마리를 잡습니다."

이 말을 듣고 마조 선사가 말했습니다.

"그럼 활을 쏠 줄 모른다고 해야지."

마조의 말에 사냥꾼은 발끈했습니다.
주위에서 활 잘 쏘는
사냥꾼으로 소문이 나 있는데,
마조 선사가 자신을 무시하니 말입니다.
화가 난 사냥꾼이 되물었습니다.

"아니, 그럼 스님은 화살 하나로
몇 마리나 잡으십니까?"

마조가 답했습니다.

　　"나는 화살 하나로

　　　한 무리를 잡는다네."

안 그래도 화가 나 있던 석공은

옳거니, 싶었습니다.

드디어 꼬투리를 잡았거든요.

　　"아니, 출가한 스님이 어찌

　　　산 생명을 무리로 잡는단 말입니까?"

석공은 속으로 박수를 쳤습니다.

마조의 옆구리를 제대로 찔렀으니,

분명 진퇴양난이라 생각했습니다.

이 말을 들은 마조는 조용히

석공의 가슴을 손가락으로 가리켰습니다.

　　"자네는 그런 것까지 알면서

왜 이쪽을 쏘지 못하는가!"

그 말에 석공은 정신이 번쩍 들었습니다.
그 누구도 자신에게
그렇게 말한 사람은 없었습니다.
결국 석공은 활을 내려 놓고 출가해
마조의 제자가 됐습니다.

_____ #궁궁통 3

궁금합니다.
석공은 왜 활을 내려놓았을까요.
마조의 말 한마디에
그는 왜 출가를 했을까요.

사실 따지고 보면
우리도 석공처럼 살고 있습니다.

사냥꾼인 석공은

사슴을 쫓고,

멧돼지를 쫓고,

맹수를 쫓았을 겁니다.

사냥감을 잡으면

좋아서 쾌재를 부르고,

사냥감을 놓치면

분해서 눈물을 흘렸을 겁니다.

쫓는 대상이 사슴이 아닐 뿐이지,

우리도 석공처럼 살아갑니다.

각자의 사냥감을 향해 달려가면서

오늘은 성공,

내일은 실패,

글피는 성공,

그다음 날은 또 실패… 하면서

오르막과 내리막을 거듭하며 살아갑니다.

선문답 일화에

세세한 사연은 남아 있지 않지만,

석공도 필시 그랬을 겁니다.

인간의 내면에는 채워지지 않는
허전함이 있습니다.
아무리 활을 잘 쏘고,
아무리 큰 짐승을 사냥해도
채워지지 않는 내면의 허전함 말입니다.

마조 선사는
그곳을 겨누라고 말했습니다.
손가락으로
석공의 가슴을 가리키며 말입니다.

사실 마조 선사는
석공의 가슴만 가리킨 게 아닙니다.
이 글을 읽고 있는
우리 모두의 가슴을 가리키고,
또 그 가슴을
쿡, 쿡 찌르면서
직설적으로 묻는 겁니다.

너는 왜 바깥을 향해서만
활을 쏘느냐.
왜 네 안을 향해서는
활을 쏘지 않느냐.
진정 네가 맞혀야 할 과녁이
어디에 있겠느냐.

그렇게 묻고 있는 겁니다.

_____ #궁궁통4

마조는 왜 석공의 가슴을
가리켰을까요.
마조는 왜 우리의 가슴을 향해
활을 쏘라고 하는 걸까요.

맞습니다.
거기에 답이 있기 때문입니다.

거기에 부처가 있기 때문입니다.

그런데 선(禪)불교에서만
자신을 겨누라고 말하는 건 아닙니다.
그리스도교도 마찬가지입니다.

예수님은 이렇게 말했습니다.

"각자 자신의 십자가를 짊어지고
　나를 따라오라.
　자기 십자가를 짊어지지 않고
　나를 따르는 자는
　나의 제자가 아니다."

어찌 보면
과격하고 급진적인
선언입니다.
자신을 따르는 이들에게
"너는 나의 제자가 아니다"라고
잘라 말했으니 말입니다.

이유가 있습니다.

자신의 내면을 향해

활을 쏘는 일은

다른 누구도

대신 해줄 수 없기 때문입니다.

오로지 자기 자신만 할 수가 있습니다.

십자가도 마찬가지입니다.

자기 십자가는

누구도 대신 짊어질 수가 없습니다.

오직 자신만 짊어질 수 있습니다.

그래서 가톨릭에서는

"내 탓이오!"라고 말하는 겁니다.

내 탓이오,

그건 내 안의 과녁에

탁, 탁! 하고 화살이 꽂히는

소리입니다.

그렇게 화살이 박힐 때

내 안에서 터져나오는 소리를
우리는 '회개'라고 부릅니다.

표현 방식과
사용하는 문법이 다를 뿐,
불교의 화살과
그리스도교의 화살은
같은 지점을 겨누고 있습니다.

그게 어디냐고요?
다름 아닌
내 안에 숨어 있는 과녁입니다.

2.

"죄 됩니까" 질문에
운문 선사는 뭐라고 대답했을까

_____ #궁궁통1

중국의 운문 선사는

'날마다 좋은 날'이라는

선구(禪句)로 유명합니다.

운문 선사는

중국 선불교 운문종의 종조입니다.

당시에는

임제종과 쌍벽을 이루었던

종파입니다.

하루는
어떤 스님이
운문 선사에게 물었습니다.

"한 생각도 일으키지 않았을 적에
죄가 있습니까?"

그러자 운문 선사는
이렇게 대답했습니다.

"수미산(須彌山)이니라."

수미산은
불교적 우주관에서
종종 등장하는 산입니다.
세계의 중심에
있다고 여겨지는 상상 속의 산입니다.
절집에서는

'수미산' 하면

가장 높은 산,

세상의 중심,

혹은 가장 큰 산으로 통합니다.

그렇다면

운문 선사의 답은

어떤 의미일까요?

한 생각도 일으키지 않았을 적에

죄가 있느냐, 라는 물음에

수미산이라고 답을 했으니 말입니다.

죄가 엄청나게 많다는

뜻일까요.

사람들은
운문 선사의 대답을
글자 그대로 해석합니다.

죄가 수미산이니,
죄가 무지하게 많다고
풀이합니다.

그런데
운문 선사의 이 일화는
선문답입니다.

단순한 물음과 답이 아니라,
여기에는
사물과 세상을 관통하는
깊은 이치의 안목이
숨어 있습니다.

선문답 일화는

그걸 수수께끼의 형식으로

던져 놓았을 뿐입니다.

성철 스님은

입적하기 전에

열반송을 내놓았습니다.

生平欺狂男女群(생평기광남녀군)

彌天罪業過須彌(미천죄업과수미)

活陷阿鼻恨萬端(활함아비한만단)

一輪吐紅掛碧山(일륜토홍괘벽산)

우리말로 풀면 이렇습니다.

　'일생 동안 남녀의 무리를 속여서

　하늘을 넘치는 죄업은 수미산을 지나치니

　산 채로 무간지옥에 떨어져 그 한이 만 갈래라

　둥근 한 수레바퀴 붉음을 내뿜으며 푸른 산에

　걸렸도다.'

언뜻 보면

후회막심한 글로 보입니다.

　　"평생 사람들을 속였고,

　　　그 죄업이 수미산만큼 크다.

　　　그 죄로 무간지옥에 떨어지니,

　　　그로 인한 후회가 막심하다."

이런 뜻으로

읽기 쉽습니다.

실제 저는 기독교 신자인

주위 사람에게서

성철 스님의 열반송이

이런 뜻이 아니냐는 질문도 수차례 받았습니다.

또 여러 교회에서

성철 스님의 열반송을

이런 식으로 풀어서 올려놓기도 합니다.

결론부터 말하자면

이런 식의 해석은

선(禪)불교에 대한 무지와 몰이해에서

비롯된 생각입니다.

가령 예수께서

"나는 가장 높은 자요, 또 가장 낮은 자다"라고

말했다고 해서

예수는 고위층 기득권자이거나

미천한 하층민이라고

해석한다면 어떨까요.

그 역시

예수의 말씀에 대한

평면적이고 일차원적인 해석입니다.

무지와 몰이해에서

비롯된 생각이지요.

불교에서 수미산은
가장 크고,
가장 높은 산입니다.

그런데
깨달음의 눈으로 보면
어떨까요.
그 높은 수미산도
공(空)함을 알게 됩니다.

그래서 불교의 선사들은
가장 역설적인 어법으로
색(色)이 공(空)함을 노래합니다.

한 생각도 일으키지 않았을 적에
죄가 있느냐는 물음에
왜
수미산이라고 답했을까요.

성철 스님은 왜

하늘을 넘치는 죄업이

수미산을 지나친다고 했을까요.

이런저런 죄의식에 사로잡혀

힘들어하는 사람들에게

그 죄의 정체를 일러주는 겁니다.

그게 본래

비어 있는 거라고 말입니다.

그걸 깨달으면

너도 자유롭다고 말입니다.

그걸 수미산에 빗대서

최대한 역설적으로 표현하는 겁니다.

죄도 공(空) 하고,

수미산도 공(空) 하니 말입니다.

그래서

죄가 콩알만 하다고 하지 않고,

죄가 수미산만 하다고 하는 겁니다.

운문 선사의 대답이나
성철 스님의 열반송에서
제가 보는 건
속임이나,
죄업이나,
후회막심이 아닙니다.
오히려 그 반대입니다.

거대한 자유,
무한한 자유입니다.

수미산만큼 높은 산도
단박에 포맷되는,
그런 이치의 눈입니다.

결국
이치가 우리를
자유롭게 하니까 말입니다.

3.

"닳아 없어지는 건 안 두렵다…
다만, 녹스는 게 두려울 뿐"

——————— #궁궁통1

한국 개신교계의 대표적 원로였던

고(故) 방지일(1911~2014) 목사와

마주 앉은 적이 있습니다.

방 목사는 100세가 넘어서도

건강하게 사셨습니다.

제가 인터뷰했을 때는

99세, 백수(白壽)였습니다.

대화를 나누다가
저는 깜짝 놀랐습니다.
방지일 목사는 지방 강연 스케줄이
종종 있었습니다.
때로는 버스를 타고,
때로는 비행기를 타는 일정이었습니다.

99세의 연세에도
방 목사는 혼자서
강연을 다녔습니다.
저는 속으로
혹시라도 낙상하거나,
작은 사고라도 나면 어쩌나
싶었습니다.

그때 방 목사께서 한마디
던졌습니다.

"나는
닳아 없어지는 건
두렵지 않다.
다만
녹스는 건 두렵다."

그 말을 듣는 순간,
저는 알아차렸습니다.

'아, 나는 지금
수도자와 마주 앉아 있구나.'

우리는 대부분 두려워합니다.
나이가 들고,
몸이 닳고,
마음이 닳아가는
노화를 싫어합니다.
그로 인한 변화를
두려워합니다.

방지일 목사의 대답은
달랐습니다.

닳는 건
두렵지 않다고 했습니다.
다만,
녹스는 게 두렵다고 했습니다.

무엇이 녹스는 걸까요.
내 삶의 지향과
그걸 향해 나아가는 걸음입니다.
방 목사는 거기에 삶의 의미를
두고 있었습니다.

방 목사의 대답은
메아리가 되어
다시 우리에게
돌아옵니다.
그리고 묻습니다.

"당신은 무엇을 위해 사는가?

당신이 두려워하는 건

세월과 함께 닳아가는 삶인가,

아니면 삶의 이유와 지향이

녹스는 것인가?"

_____ #궁궁통2

방 목사의 고향은

이북입니다.

평안북도 선천입니다.

1933년 평양 숭실대를

졸업했습니다.

평양 대부흥의 역사적 현장인

장대현 교회에서

전도사로도 일했습니다.

제가 만났을 때는

목사 안수를 받은 지
72년째였습니다.

궁금하더군요.
그 긴 세월을 목회자로 사셨으니
물어보고 싶었습니다.
방 목사께서 보시기에
기독교 신앙의 핵심은 무엇입니까.

목사님은 한 단어로 답했습니다.

　"죄사함입니다."

저는 다시 물었습니다.
죄사함,
어떡할 때 받는 것입니까.

　"신앙은 투항입니다.
　내가 들고 있는 총과 칼을 내려놓고
　하나님께 투항하는 겁니다."

우리는 쉽게 생각합니다.

교인이 되고,

교회에 출석하고,

성경을 읽고,

기도를 하고,

주일을 지키면 투항한 것 아닌가.

그럼 그리스도인이 된 것 아닌가.

방 목사의 답은

그보다 더 깊었습니다.

"내가 가진 총과 칼을

내려놓아야 합니다.

내가 총과 칼을

여전히 들고 있는데

어떻게 그걸 투항이라고

할 수 있습니까."

이 대목에서

어리둥절한 분들도 계실 겁니다.

내 주머니에는

총도 없고,

칼도 없는데

왜 내려놓으라고 하는 거지?

나는 이미 크리스천인데,

나는 이미 투항했는데,

왜 더 투항하라고 하는 거지?

그런 의문이 강하게 올라옵니다.

저도 그걸 물었습니다.

내가 가진 총과 칼이라니,

대체 뭘 뜻하는 겁니까.

　　"나의 총과 나의 칼은

　　다른 게 아닙니다.

　　나의 의견,

　　나의 주관,

　　나의 관점입니다.

　　그걸 모두 내려놓아야 합니다."

방 목사는

에고의 의견,

에고의 주관,

에고의 관점을 지적했습니다.

"사람들은 투항한 뒤에도

자꾸 무장을 합니다.

내 안에 권총을 숨기고,

내 안에 칼을 숨깁니다.

'하나님을 믿는다'고 하면서도

나의 주관으로 주를 믿습니다.

투항은 그런 게 아닙니다.

투항은 자신을 몽땅 바치는 겁니다."

_____ #궁궁통3

그리스도교 신앙의 정수를

한마디로 표현하면

흔히

'전적인 의탁(Total commitment)'이라고

말합니다.

나를 몽땅 내려놓고,

신에게 모든 걸 맡기는 겁니다.

그다음에는 어떻게 되느냐고요?

신의 뜻대로.

신의 숨결대로,

신의 섭리대로

흘러가는 겁니다.

그렇게 신과 함께

동행하는 겁니다.

방지일 목사가 말한 '투항'은

그런 삶을 지향합니다.

그런데 우리는 다릅니다.

잠시 투항한 적은 있어도,

얼마 안 가서 재무장하고 맙니다.
무장 해제는 잠시뿐,
나의 총과 나의 칼,
나의 주관과 나의 관점으로
이리 재고 저리 재며
살아갑니다.

내가 불리할 때는
하나님에게 투항하고.
내가 유리할 때는
나 자신에게 투항합니다.

방 목사는 그걸 "재무장"이라고
불렀습니다.

　"그래서 회개가 필요합니다.
　회개가 무엇입니까.
　자기가 죽는 겁니다.
　완전히 투항하고,
　무장도 벗고,

나는 없어져야 합니다.

그리고

'이젠 다 맡아 주세요'

하는 겁니다."

방 목사는 교회에서 하는 간증도

마찬가지라고 했습니다.

"간증하면서

자신의 영광을 드러내는

사람이 있습니다.

내가 이걸 하고,

내가 저걸 했다고 합니다.

그건 하나님의 영광을

욕되게 하는 겁니다.

참다운 간증에서는

나는 없고,

주님만 나타나는 겁니다."

방 목사님의 이야기를 듣다가
저는 '겟세마네의 기도'가
떠올랐습니다.

예수님께서 성전 경비병에게 끌려가
십자가에 못 박히시기
전날 밤,
예루살렘 올리브산의 겟세마네에서
땀을 피처럼 흘리며
올렸던 기도 말입니다.

"가능하면 이 잔이
저를 비껴가게 하소서.
그러나 제 뜻대로 마시고
아버지 뜻대로 하소서."

저는 여기에서 '온전한 투항'을 봅니다.

아울러 기도란

무엇을 지향하고,

어떻게 해야 하는지도

함께 읽습니다.

내 뜻을 따를 때

우리의 에고는

총과 칼로 무장하고,

하나님의 뜻을 따를 때

온전히 투항하게 됩니다.

방 목사님은

2014년에 세상을 떠났습니다.

그래도 그의 메시지는

아직도 귓가에 울립니다.

　"닳아 없어지는 건

　두렵지 않습니다.

　다만,

　녹스는 게

두려울 뿐입니다."

조금씩

조금씩

녹이 슬며

나의 주관과 관점으로

재무장하는 삶.

방 목사는 그걸 경계했습니다.

오히려

끝없이 투항하며

닳아 없어지는 삶.

방 목사는

그런 삶을 가고자 했습니다.

왜냐고요?

두 삶의 종착지가

다르기 때문입니다.

4。

이재철이 꺼낸
'성경 한 구절'

신학생들이 가장 만나고 싶은 인물.
그런 설문 조사를 하면
단연 이재철 목사님이
1위에 올랐습니다.

서울 마포구 합정동의 100주년기념교회를
섬기다 은퇴해
지금은 경남 거창의 산골에서

생활하고 있습니다.

다른 사람들이 아니라
'신학생들'이 가장 만나고 싶은
인물이라 더 관심이 갔습니다.

왜냐고요?
아직 세상에 젖지 않은
순수한 지향과 열정이
신학생들에게는 있을 테니까요.

그런 지향과 열정이
가장 만나고 싶어 하는 사람이라니,
어떤 각별한 것이 있을까.

저도 그런 기대감을 안고
첫 인터뷰를 했던 기억이 있습니다.

사실 이재철 목사는
제가 가졌던 기대,
그 이상이었습니다.

그의 오롯한 목회적 지향과
묵상을 통해 길어 올린
통찰의 울림을 들으면서
저는 종종 '행복한 인터뷰'에
젖어 들곤 했었습니다.

이런 질문을 던진 적이
있습니다.

  "예수께서 우리에게 보여주신
   길은 어떤 길입니까?"

이 목사는 성경 구절 한 토막을
꺼냈습니다.

마태복음 16장 24절이었습니다.

"누구든지 나를 따라오려거든
자기를 부인하고
자기 십자가를 지고
나를 좇을 것이니라."

이 구절 속에
예수께서 보여주신 길이
모두 들어 있다고 했습니다.

저는 다시 물었습니다.

"이 구절에 담긴 길,
그게 어떤 겁니까?"

이재철 목사는 잠시,
눈을 감았습니다.
그리고 키워드를 하나 뽑았습니다.
그건 다름 아닌

'자기 부인'이었습니다.

"기독교인은 누구나 예수님을
따르려고 합니다.
그 길을 가려고 합니다.
그런데 여기에는 대전제가 있습니다.
그게 바로 '자기 부인'입니다."

저는 다시 물었습니다.

"그럼 '자기 부인'이 없다면
예수님을 따를 수 없는 겁니까?"

이재철 목사는 고개를
끄덕였습니다.

"그렇습니다.
'자기 부인' 없이 우리는
예수님을 따를 수 없습니다."

저는 궁금했습니다.

자기 부인이라,

그게 대체 어떤 의미일까.

_____ #궁궁통3

사람은 다들 자신을 중심으로
살아가는데,
그런 자기를 부인하라니
무슨 뜻일까.
왜 그래야 하는 걸까.

이재철 목사는 신앙과 미신의
차이를 아느냐고 되물었습니다.

"미신은 내가 가진 재물과 권능으로
신을 어르고 달래서
내 뜻을 이루는 겁니다.

한마디로 자기 강화를 위한 겁니다."

신앙은 미신과 방향이
다르다고 했습니다.

"신앙은 다릅니다.
신이 내 마음대로 다룰 수 없는
존재임을 인정해야 합니다.
대신 내가 신에 의해
다루어져야 합니다.
그걸 위해서 두 가지가 필요합니다.
받아들임과 자기 부인입니다."

받아들임과 자기 부인,
그게 예수를 향하는 길의
핵심이라고 했습니다.

가만히 생각해 봅니다.
많은 사람이 '독실한 신앙인'이라고
말하지만,
그들의 기도 소리를 자세히 들어보면
다를 때가 많습니다.
신앙보다는 오히려 미신에
더 가까울 때도 잦습니다.

왜 그럴까요.
이재철 목사는 이렇게 답합니다.
신을 내 마음대로
다루려고 하기 때문입니다.
하나님(하느님)을 통해서
나의 에고를 부인하는 게 아니라,
오히려 하나님을
나의 민원 해결사로 생각하기 때문입니다.

그래서 이렇게 해달라,

또 저렇게 해달라.

끊임없이 요구하고

내가 요구한 대로

하나님이 움직여주기를 바랍니다.

따지고 보면

결국 내가 하나님을 부리려고

하는 겁니다.

하나님에 의해서

내가 다루어지는 게 아니더군요.

이재철 목사는 정확하게

그 지점을 짚었습니다.

그것은 신을 어르고 달래서

내 뜻을 이루려는 것에

불과하다고 지적했습니다.

제가 예를 하나 들어
질문을 던졌습니다.

"가령 입시생이 있다고 해요.
그는 정말 열심히 공부했습니다.
대학 합격을 위해
하나님께 매일 기도도 했습니다.
그런데 입시에 실패했습니다.
실망도 무척 컸습니다.
그 사람에게
'받아들임'과 '자기 부인'은
어떤 겁니까."

이재철 목사는 답을
이어갔습니다.

"그 사람은 하나님을 믿은 게 아닙니다.
하나님이란 허상을 믿은 겁니다."

이 목사의 대답은
단호하고 분명했습니다.

　　"내가 이렇게 열심히 했으니
　　이렇게 되리라 하는 건
　　자기 자신을 믿는 겁니다.
　　하나님을 믿는 게 아닙니다."

따지고 보니 그렇더군요.
그럼 하나님을 믿는 건 어떤 걸까요.

　　"출애굽기 20장에는
　　'너를 위해서 우상을 만들지 말라'고
　　기록돼 있습니다.
　　요즘 사람은 손으로는
　　우상을 빚지 않지만,
　　마음으로는 우상을 빚습니다."

구약 시대에 유대인들은
금송아지를 빚어서 우상을 만들었습니다.

눈에 보이지 않는 하나님보다
눈에 보이는 금송아지를 섬기는 게
더 쉽다고 느꼈던 걸까요.
요즘 사람들은
금송아지를 빚지는 않습니다.
대신 마음으로는 마음껏
우상을 세우고 있습니다.

　"그 학생의 경우에도
　우상이 있습니다.
　'내가 하는 일은 반드시
　성공해야 돼.'
　이게 바로 우상입니다.
　우리는 얼마든지
　실패할 수 있습니다.
　오히려 어떤 상황과 결과가 오더라도
　그걸 받아들이는 게 중요합니다."

이 목사는 그걸
'받아들임'이라고

불렀습니다.

저는 다시 물었습니다.

"받아들임이 왜 중요합니까?"

"살다 보면
나의 기대와 전혀 다른 상황과 결과가
올 수도 있습니다.
그걸 내가 수용할 때
'내가 세운 우상'이 깨져 나갑니다.
그게 바로 '자기 부인'입니다."

듣고 보니
받아들임과 자기 부인은
서로 연결돼 있더군요.

받아들임을 통해
자기 부인이 이루어지니까요.

"자기 부인은
하나님을 향해 세워놓은 우상을
끊임없이 깨는 과정입니다."

이 말 끝에 이 목사는
예를 하나 들었습니다.

"애벌레가 고치를 붙들고 있으면
나비가 될 수 없습니다.
그래서 버려야 합니다.
받아들임은
버려야 할 때를
받아들인다는 뜻입니다."

그 말은
큰 울림이 되어
파도처럼 제게 밀려왔습니다.

"받아들임은
버려야 할 때를
받아들인다는 뜻이다."

우리는 두려워합니다.
나의 우상이 무너질까 봐,
나의 기대가 꺾어질까 봐,
나의 삶이 예상과 다르게 흘러갈까 봐
우리는 늘 두려워합니다.

그런데 거기에 길이 있더군요.
신을 향해,
진리를 향해
나아가는 길이
바로 거기에 있더군요.
우리가 아주 꺼리는 두려움 속에
바로 그 길이 놓여 있더군요.

멀리서 볼 때
그 길은 두려움입니다.

가까이 다가가면 달라집니다.
몸소 두 발을
그 길 위에 올리고
두려움을 체험해보면 깨닫게 됩니다.

나의 우상이 부서질 때
비로소
내가 자유로워진다는 걸 말입니다.

"진리가 너희를 자유케 하리라."

그렇습니다.
나의 우상이 무너질 때
비로소 진리가 드러나고,
진리가 드러날 때
비로소 우리는 자유로워집니다.

그러니 이재철 목사님이 건넨
두 단어가 무척 값지게 다가옵니다.

받아들임과 자기 부인.

이 두 단어의 무게감이
천국의 열쇠처럼 다가오는 건
비단 저뿐만이 아니겠지요.

5。

한민족 혜안이 성경과 통하다…
천부경 81자

_____ #궁궁통1

우리 민족에게는 『천부경(天符經)』이라는
오래된 경전이 있습니다.
예부터 동이족에게
구전으로 전해져 내려오던 걸
고조선 시대에 비로소 '녹도문자(鹿圖文字)'로
기록했다고 전해집니다.

'녹도문자'가 뭐냐고요?

사슴의 발자국과

사물의 형상을 보고서

단군 왕검 대에 지었다고 하는

고대 문자입니다.

실제 문자의 생김새가

사슴 발자국과 비슷하게 생겼습니다.

거북의 등껍질에 썼다는

갑골문자와도 좀 닮았습니다.

예부터 쭉 내려오던 천부경을

신라의 최치원이

묘향산 석벽에 전문(全文)을 새겨 놓았다는

이야기도 있습니다.

그걸 근대에 들어서

탁본으로 떴다는 주장도 있습니다.

『천부경』은

무언가 안갯속에 있으면서도

무언가 신비로운 느낌이 드는,

그런 묘한 경전입니다.

더욱 놀라운 건

거기에 담긴 내용입니다.

_____ #궁궁통2

천부경은 가로 9자, 세로 9줄로

구성돼 있습니다.

모두 합해 81자입니다.

아주 짧습니다.

81자를 모두 써놓으면

9×9의 네모난 모양이 됩니다.

첫 구절은 이렇습니다.

'일시무시일(一始無始一)'.

앞으로 읽어도 '일시무시일'이고,

뒤로 읽어도 '일시무시일'입니다.
하나(一)는 없음(無)에서 시작되고,
없음(無) 또한 하나(一)에서 시작한다는
뜻입니다.

이 다섯 글자에
이 우주 만물의 이치가 고스란히
담겨 있습니다.

불교에는 팔만대장경이 있습니다.
경전의 양이 방대하고,
또 방대합니다.
그 방대한 양을 줄이고,
또 줄이면
무엇이 될까요.
270자의 『반야심경』이 됩니다.

『반야심경』은 아주 짧은 경전이지만
팔만대장경에 담긴 광활한 이치가
모두 응축돼 있습니다.

그런 『반야심경』을 추리고,

또 추리면

딱 여덟 글자가 됩니다.

다름 아닌

'색즉시공 공즉시색(色卽是空 空卽是色)'입니다.

우리 눈에 보이고

우리 손에 만져지는

이 세상과 만물이 '색(色)'입니다.

불교는 그 색의 실체가

'공(空)' 하다고 말합니다.

그래서 '색(色) = 공(空)'이고,

'공(空) = 색(色)'이 됩니다.

이건 과학 중에서도 최첨단 과학인

양자 물리학에서 던지는

핵심적 화두와 통합니다.

"이 세계는 입자인가, 아니면 파동인가."

불교식으로 풀면 이렇습니다.

"이 세계는 색(色)인가, 아니면 공(空)인가."

『천부경(天符經)』의 첫 구절에는
이런 이치가 오롯이
담겨 있습니다.

'일시무시일(一始無始一)'.

하나는 없음과 통하고,
없음은 하나와 통한다.
다시 말해 있음과 없음은
둘이 아니라는 뜻입니다.

양자 물리학이 더 발전하면
입자와 파동이 둘이 아님도
과학적 증명이 되는 날이 오겠지요.

어떤 분은 이렇게
이야기하실 수도 있습니다.

"있음과 없음이 둘이 아니라는 게
우리가 밥 먹고 사는 것과
무슨 상관이 있지?
그건 너무 추상적이고 관념적인
논변에 불과한 것 아니야?"

꼭 그렇진 않습니다.
그렇게 말씀하시는 분도
일상에서 올라오는 짜증이나 분노 때문에
힘들어하실 테니까요.
또 세월이 흘러서
노년이 되면
이 세상과 작별을 해야 한다는 것도
아실 테니까요.

유한한 존재인 인간이 갖는
본질적 두려움을
똑같이 안고 사실 테니까요.

그런 분들도
내 안의 분노 때문에
사는 게 힘들었는데,
어느 날 깨닫게 되는 겁니다.
그 분노의 정체가
사실은 공 하구나.

그걸 알면
사는 게 얼마나 수월해질까요.
사는 게 얼마나 가뿐해질까요.
있음과 없음이 둘이 아니라는 건
단순한 관념적 사변이 아닙니다.
그런 것들에 대해서
이야기를 하고 있는 겁니다.

『천부경』에 대한 해설서를 썼던
김백호 선생을 만난 적이 있습니다.
한때 불교 출가자였던 그는
뜻한 바가 있어
다시 세상으로 돌아온 인물입니다.
『천부경』에 대한 그의 평은 이랬습니다.

"굉장한 파워다.
이건 한마디로 깨달음의 글이다.
진리의 글은 짧으면 짧을수록 더 좋다.
그래서 불교에서도 '선(禪)'이 나온 것이다.
경전의 수가 많다고
좋은 것만은 아니다."

그의 대답을 들으며
저는 고개를 끄덕였습니다.
『천부경』의 저술 연대와 작자,
혹은 책의 진위 여부 등에 대해서

세상에는 갑론을박이 많습니다.

그럼에도
한 가지 확실한 것은
이것이 '깨달음의 글'이란 것입니다.
세상과 우주의 이치를
확연하게 꿰뚫지 않고서는
도저히 쓸 수가 없는
글이라는 점입니다.

그가 누구이든,
그게 언제이든,
『천부경』에는 깨달은 자의
소리가 담겨 있습니다.
그래서 대단한 겁니다.

사실,
마음공부를 하는 사람에게는
『천부경』의 저자가 누구인지,
저작 연대가 언제인지,

누구에 의해 발굴됐는지보다

훨씬 더 중요한 사실이 있습니다.

이 책에 진실한 이치,

다시 말해

진리가 담겼는가.

이게 가장 큰 관심사입니다.

만약 진리가 담겼다면

우리의 마음도

그 소리를 따라서

발걸음을 뗄 테니 말입니다.

_____ #궁궁통 5

『천부경(天符經)』의 첫 문장은

'일시무시일(一始無始一)'입니다.

둘째 문장도 놀랍습니다.

'析三極無盡本(석삼극무진본)

天一一地一二人一三(천일일지일이인일삼)'

본래인 하나가

하늘과 땅, 사람의 순서로

쪼개졌다는 뜻입니다.

그렇게 셋으로 쪼개졌어도

근본 다함은 없다는 말입니다.

다시 말해,

하늘과 땅과 사람의 본성이

하나라는 뜻입니다.

저는 이 구절을 읽으면서

깜짝 놀랐습니다.

『천부경』의 이치가

불교의 이치뿐 아니라

그리스도교의 이치와도

맥이 통하기 때문입니다.

그리스도교의 성경에는

태초에 말씀이 있었고,

말씀이 하느님(하나님)이라고 합니다.

그 말씀에서

하늘이 생기고.

땅이 생기고,

사람이 생겨납니다.

이렇게 셋으로

쪼개어졌지만,

신의 속성은 이 셋에

모두 깃들어 있습니다.

하늘도 신의 속성과 통하고

땅도 신의 속성과 통하고

사람도 신의 속성과 통합니다.

그래서 말합니다.

"무소부재(無所不在)!"

"하느님은 아니 계신 곳 없이 계시다."

『천부경』에 녹아 있는
하늘과 땅과 사람에 대한
깊은 눈이 참 좋습니다.

거기에
한민족의 혜안이
녹아 있다고 생각하니
더욱
그렇습니다.

6.

창조론과 진화론…
정진석 추기경의 놀라운 대답

_____ #궁궁통1

고(故) 정진석 추기경은 사제가 되기 전에
공학도였습니다.
서울대 화학공학과에 다니다가 한국전쟁이 터졌고,
전쟁이 끝나자 신학대에 들어가 사제가 됐습니다.
그래서일까요.
정 추기경은 종교인이면서도
과학적·이치적 사고를 하는 분이었습니다.

저는 정 추기경께 '진화론'에 대해서
물은 적이 있습니다.
어찌 보면 난감한 질문일 수도 있었습니다.

흔히 창조론과 진화론은 결말이 나지 않는,
영원히 평행을 달리는 철로의 두 레일과 같다고도
하니까요.
더구나 추기경이라는 고위 성직에 계신 분이
괜히 대답을 했다가
괜한 논란을 불러올 수도 있었습니다.
그런데도 추기경께서는 답을 피하지 않았습니다.
정 추기경은 이렇게 운을 뗐습니다.

    "창조론과 진화론은 대치되는 개념이 아닙니다."

우리는 흔히 이렇게 묻습니다.

    "과학인가, 아니면 종교인가?"
    "창조론이냐, 아니면 진화론이냐?"

양자택일의 문제라고 생각합니다.

둘 중 하나만 살아남을 수 있다고 봅니다.

그런데 추기경의 답은 전혀 달랐습니다.

창조론과 진화론이 둘 중 하나만 남아야 하는

양자택일의 문제가 아니라고 했습니다.

저는 "왜?"라는 질문을 던졌습니다.

_____ #궁궁통 2

정 추기경은 차분하게 답을 이어갔습니다.

"진화론은 '시간'을 전제로 합니다.

진화론의 요지는 시간이 지나면서

점점 고등생물이 나왔다는 것입니다."

저는 고개를 끄덕였습니다.

"그럼 시간이 언제부터 생겨났는지 알아야죠.

시간은 빅뱅 때 생겼습니다.

빅뱅으로 인해 이 우주가 생겼고,

그로 인해 시간과 공간도 생겼습니다."

여기까지 들었을 때 저는 속으로 놀랐습니다.

물론 빅뱅은 과학적 가설입니다.

그래도 시간과 공간, 빅뱅 등의 말은

천체물리학자와 인터뷰할 때나 듣는 과학적 용어였

습니다.

한국 가톨릭의 수장인 추기경한테서

그런 설명을 듣게 될 줄은 몰랐습니다.

그것도 아주 세세하게 말입니다.

정 추기경의 설명은 이어졌습니다.

"그럼 하느님은 어떤 분일까요?"

과학적 설명을 잔뜩 늘어놓고,

그 설명에 본인도 공감한다고 하고선

느닷없이 가장 본질적인 물음을 던졌습니다.

하느님은 어떤 분이냐고 말입니다.

"하느님도 시간의 영향을 받을까요?
아닙니다.
하느님은 시간을 초월하신 분입니다."

듣다 보니 고개가 끄덕여졌습니다.
인간은 시간과 공간의 제약을 받습니다.
3차원적 존재이니까요.
누구나 태어났다가 소멸해야 합니다.
그렇게 매순간 변화합니다.
왜냐고요?
시간과 공간의 속성이 그러하기 때문입니다.
이 세상에 흐르지 않는 시간이란 없으니까요.

그런데 신은 다릅니다.
하느님은 시간도 초월하고, 공간도 초월합니다.
영원의 속성을 품고 있습니다.
그래서 소멸하지 않습니다.
영원이라는 성질은

3차원적 시공간에서는 불가능한 속성입니다.

정 추기경은 하느님의 속성을
이렇게 설명했습니다.

"어느 한 시점에 빅뱅이 일어났다고 합시다.
그런데 하느님은 빅뱅 이전부터 존재하셨습니다.
이 우주가 생기기 이전부터 계신 분이죠.
그래서 시작이 없고, 변화가 없고, 끝이 없습니다.
구약 성서에서 모세가 하느님께 물었습니다.
'당신의 이름은 무엇입니까'라고 말이죠.
그때 모세가 들은 대답은 이랬습니다.
'나는 있는 나다.' (탈출기 3장 14절)"

_____ #궁궁통3

고(故) 차동엽 신부는 "나는 있는 나다"라는
탈출기 3장 14절을 영어로 이렇게 풀었습니다.

"I will be who I will be."

여기서 뒤에 나오는 'who I will be'는
'자유(自由)'라고 풀었습니다.
앞에 나온 'I will be'는 '자재(自在)'라고 풀었습니다.
'스스로 있다' '스스로 존재하다'는 뜻이니까요.
결론적으로 차 신부는 '나는 있는 나다'라는 성경 구절을
"자유자재(自由自在)"한 하느님으로 풀어냈습니다.

기독교인은 하느님(하나님)을 종종 "야훼"라고 부릅니다. 그 명칭이 어디에서 왔는지 아세요?

"나는 있는 나다"라는 히브리어 원문에서
각 단어의 첫 번째 자음을 모아 히브리어식으로 발음하면
"야훼(YHWH)"가 됩니다.

거기에는 '자유자재하다'는 깊은 뜻이 담겨 있습니다.

이렇게 비유해보면 어떨까요.
도화지 위에 연필로 그림을 그립니다.
어떤 그림을 그리든,
시간이 흐르면 지워집니다.
우리가 그린 각자의 인생도
시간이 다하면 소멸하듯이 말입니다.

그래도 도화지는 남습니다.
시간에 무너지지 않고,
공간에 구애받지 않으며
도화지는 그대로 있습니다.

정진석 추기경은 그걸 이렇게 말했습니다.

"사람 몸의 세포는 7년마다 모두 바뀝니다.
다 물갈이를 합니다.
만약 70세라면 육체가 열 번 바뀐 거죠.
그런데도 나는 나입니다.

313

무슨 말인가 하면 나의 육신이

'나'가 아니라는 겁니다.

나의 영혼이 '나'라는 겁니다.

그럼 오늘 태어난 아기의 영혼은

언제 만들어진 겁니까.

바로 지금 만들어진 거죠.

그래서 진화가 아니라 창조가 되는 겁니다."

정 추기경은 창조론과 진화론이

양자 택일의 대상이 아니라고 했습니다.

큰 창조론이 작은 진화론을 품고 있다고 했습니다.

예를 들어

서울에서 부산까지 가는 경부선이 창조론이라면,

진화론은 그중의 일부 구간에 해당한다는 것입니다.

저는 정 추기경의 이야기를 들으면서

이치에 대한 깊은 눈이 느껴졌습니다.

그리고 우리가 살고 있는 '지금 여기'에 대한

추기경의 마지막 멘트는

지금도 귓가에서 생생하게 울립니다.

"하느님에겐 1억 년 전도 '지금'이고,

　　　1억 년 후도 '지금'이죠.

　　　시간을 초월하신 분이니까요.

　　　과거도 없고, 미래도 없죠.

　　　오직 '현재'만 있을 뿐입니다."

그러니 우리에게 주어진 '지금 여기'는

그저 흘러가는 '순간'이 아닙니다.

거기에는 영원이 깃들어 있습니다.

그걸 얼마나 깊이 음미할 것인가는

우리 각자의 몫입니다.

그래도 기운이 좀 나지 않나요?

도화지 위에서 사라지는 그림인 줄 알았는데,

그 그림 속에 이미 영원이 깃들어 있다니 말입니다.

이제는 우리가 선택할 차례입니다.

나의 삶에서

순간을 맛볼 것인가,

아니면

그 순간 속에 깃든 영원을 맛볼 것인가.

7。

"두 날개의 새" 원효 대사의 반전…
그는 원래 '칼의 달인'이었다

_____ #궁궁통1

한국 불교사에서 우뚝 솟은 봉우리 중
딱 하나를 꼽는다면 누구일까요.

불교계에서는 원효 대사(617~686)를
꼽는 사람들이 많습니다.

원효(元曉)를 우리말로 하면 '첫 새벽'입니다.
그러니 원효 대사는 '새벽 대사'였습니다.

『삼국유사』에는 당시 신라인들이 그를 순우리말로
"새벽"이라 불렀다고 기록돼 있습니다.
물론 거기에는 까닭이 있었습니다.

'새벽 대사'는 우리가 알고 있는 것보다
훨씬 더 걸출한 인물이었습니다.

원효는 신라 진평왕 39년(617년)에 태어났습니다.
진평왕의 왕비 김씨는 '마야(摩耶) 부인'이었습니다.
선덕 여왕의 어머니이기도 합니다.
석가모니 붓다의 어머니 이름은 '마야데비(Mayadevi)'
였고,
통상 '마야 부인'이라 불렀습니다.
그러니 신라의 왕비가 붓다의 어머니 이름을 본떠서
똑같은 호칭을 썼습니다.
이것만 봐도 신라의 국가적 지향이 '불국토(佛國土)
건설'임을 한눈에 알 수 있습니다.

원효의 고향은 지금의 경북 경산이었습니다.
출생부터 험난했습니다.

원효의 부모는 만삭의 몸으로

밤나무 골짜기를 지나고 있었습니다.

갑자기 산기가 찾아와 길에서 출산을 해야 했습니다.

원효의 아버지는 입고 있던 윗옷을 벗어 밤나무에

걸고 임시로 앞을 가렸습니다.

노상에서 힘겹게 원효를 출산한 어머니는

며칠 후 세상을 떠나고 말았습니다.

이 이야기를 들으면서 저는 붓다의 출생이 떠올랐습니다.

둘은 태몽도 닮았습니다.

인도의 마야 부인은 흰 코끼리가 옆구리로 들어왔고,

원효의 어머니는 유성이 품속으로 들어왔습니다.

그러고서 아이를 가졌습니다.

출산을 위해 친정으로 가던 마야 부인은 룸비니의 들판에서

무우수 나뭇가지를 붙들고 싯다르타를 낳았습니다.

노상 출산 후 7일 만에 마야 부인은 세상을 떠났습니다.

원효는 날 때부터 결핍을 안고 있었습니다.
자신을 낳다가 세상을 떠난 '어머니의 부재'는
원효의 유년기에 존재론적 결핍감을
강하게 안겨주지 않았을까요.

세계 종교사에서도 그런 예가 있습니다.
불교를 세운 붓다는 어머니를 일찍 잃었고,
동정녀 출생의 예수는 친아버지가 없었고,
이슬람교를 세운 무함마드는 유복자였습니다.

다들 삶과 죽음, 존재의 상실을 깊이 체험하며
성장기를 보내지 않았을까요.
그 와중에 그들이 던졌을 삶과 죽음에 대한 물음은
남들과 다르지 않았을까요.

원효 역시 삶과 죽음에 대한 물음을
수도 없이 자신에게 던지며 자랐겠지요.

진평왕 때는 고구려·백제·신라의 삼국이 영토 확장을 위해
치열하게 전쟁을 치르던 시기였습니다.
원효가 열두 살이 됐을 때 아버지도 세상을 떠났습니다.
서현(김유신의 아버지) 장군과 함께 고구려 낭비성을 공격하다가
원효의 부친 설이금은 전쟁터에서 전사했습니다.

열두 살 때 원효는 고아가 된 셈입니다.
그런 원효를 할아버지가 거둔 것으로 보입니다.

원효는 아버지를 여읜 열두 살 때 화랑이 됐습니다.
마음속에는 고구려를 향한 깊은 복수심도 있었겠지요.
열여섯 살 때(선덕여왕 1년)는 무술제 경연대회에서 장원도 했습니다.
원효는 무예가 상당히 뛰어났습니다.
특히 검술 실력이 빼어났다고 합니다.

이듬해에는 조부도 세상을 떠났습니다.

원효는 화랑으로서 전쟁에도 수차례 참여했습니다.

처절한 전장과 숱한 죽음을 목격했겠지요.

부모의 죽음, 조부의 죽음, 전쟁터의 죽음을 겪은

원효는 삶을 무상함을 절감하며 출가의 길로 들어섭

니다.

자신이 살던 집을 희사해

'초개사(初開寺)'라는 절을 세웁니다.

또 어머니가 자신을 낳다가 돌아가신

밤나무골 불땅고개 옆에 '사라사'라는

절을 지어 모친의 혼을 위로했습니다.

그리고 입산수도의 길을 떠났습니다.

원효는 자신이 쓴 『발심수행장(發心修行章)』에서 이렇게 말합니다.

> "지혜 있는 사람이 하는 일은 쌀로 밥을 짓는 것과 같고,
> 어리석은 사람이 하는 일은 모래로 밥을 짓는 것과 같다.
> 사람들은 밥을 먹어 배고픈 창자를 위로할 줄 알면서도
> 진리의 불법(佛法)을 배워서 어리석은 마음을 고칠 줄은 모르네."

이어서 이렇게 노래합니다.

> "자기도 이롭게 하고 남도 이롭게 하는 것은
> 날아가는 새의 두 날개와 같다."

저는 여기서 원효의 '출가 이유'를 읽습니다.

그가 찾는 것은 삶을 바꾸는 일이었습니다.
모래로 밥 짓는 삶에서
쌀로 밥 짓는 삶으로 바꿀 수 있게끔
지혜의 눈을 갖추는 일이었습니다.

그뿐만 아닙니다.
원효는 나와 남을 모두 이롭게 하는 삶을 꿈꾸었습
니다.
훗날 그가 깨달음을 이룬 후에
왜 하필 시장통 하층 민중의 삶으로 들어갔는지
그 이유가 '새의 두 날개'에 오롯이 담겨 있습니다.

_____ #궁궁통4

삼국 시대 때 중국은 당나라였습니다.
당나라와 인도는 머나먼 거리였습니다.
당시 중국 승려들은 목숨을 걸고서
서역을 거쳐 사막을 건너 인도로 갔습니다.

인도 땅에 있는 붓다의 말씀, 산스크리트어로 된 불교 경전을
구하기 위해서였습니다.
인도로 가는 길은 산적과 도적도 많았고, 지형도 험준했습니다.
당시 중국에서 인도로 10명의 승려가 갔다면
고작 2명만 살아서 돌아왔다고 합니다.

인도에서 중국으로 돌아온 승려들은
산스크리트어로 된 불교 경전을
한문으로 모두 풀었습니다.

중국 승려들이 한문으로 번역을 끝낸 다음에는
산스크리트어 불교 원전을 없애버렸습니다.
그만큼 뜻이 통하게 정확한 번역을 했고,
중국화한 불교 경전에 자부심이 컸다고 합니다.

그러니 당나라에는 신라에서 구할 수 없는
귀한 불교 경전들이 있었고,
깊은 안목을 가진 고승들도 여럿 있었습니다.

원효는 그런 당나라에 가서 공부를 하고 싶었습니다.
34세 때 여덟 살 아래인 의상과 함께 당나라 유학길
에 오릅니다.
당시에는 서해안 뱃길이 막혀 있었습니다.
할 수 없이 원효와 의상은 육로를 통해
고구려를 거쳐 요동 땅까지 갔습니다.

거기서 그만 고구려의 국경수비대에게 잡히고 말았
습니다.
원효와 의상은 신라의 첩자로 의심을 받았습니다.
당시에는 고구려·백제·신라가 서로 첩자를 보내 정
탐을 했고,
삼국이 다 불교 국가였기에 승려로 위장하기가 수월
했습니다.
그러니 의심을 살 만도 했습니다.

두 사람은 감옥에 갇혀 수십 일간 고생한 끝에
다시 신라로 돌아왔습니다.
그렇다고 당나라 유학을 포기한 것은 아니었습니다.

8。

"마음 밖에 법 없다, 내겐 마음밖에 없다" 무덤서 깨우친 원효

_____ #궁궁통1

34세의 원효는 당나라 유학이 좌절됐습니다.
고구려를 거쳐 요동까지 갔으나
당나라 입국은 하지 못했습니다.
고구려 국경수비대에 붙잡혀 다시 신라로 돌아와야
했습니다.

그로부터 10년 세월이 흘렀습니다.
삼국의 치열한 쟁탈지였던 서해의 당항성을

신라가 차지했습니다.

당항성에는 중국으로 가는 항구(지금의 경기도 화성)

가 있습니다.

당나라로 가는 뱃길이 열린 셈입니다.

45세의 원효는 의상과 함께

다시 당나라 유학길에 올랐습니다.

10년 세월이 흘렀지만 진리에 대한 원효의 갈망은

조금도 시들지 않았던 것입니다.

원효와 의상은 당항성으로 가다가

어두운 밤에 큰비를 만났습니다.

인가를 찾아 헤매다가 길가 언덕에서

땅막(땅을 파서 만든 토굴)을 겨우 찾았습니다.

얼른 들어가 비를 피하고

거기서 하룻밤 잠을 잤습니다.

이튿날 아침에 일어난 원효는 깜짝 놀랐습니다.

그곳은 그냥 땅막이 아니라 무덤 안이었습니다.

그때가 장마철이었을까요.

비는 그치지 않고 계속 내렸습니다.

두 사람은 무덤 안에서 하룻밤을 더 보내야 했습니다.

_____ #궁궁통2

첫날 밤, 땅막 안에서 원효는 단잠을 잤습니다.

이튿날 밤은 달랐습니다.

무덤 안이라는 걸 안 원효는 밤에 자꾸 귀신 생각이 났습니다.

누구라도 그렇지 않을까요.

만약 우리에게 무덤 안에서 하룻밤을 자라고 한다면 밤새 그런 생각에 뒤척이지 않을까요.

찝찝한 생각에 숙면을 취하기가 힘들지 않을까요.

원효는 속으로 생각했습니다.

"지난밤에는 땅막이라 편히 잠을 잘 수 있었다.

오늘 밤은 무덤이라 귀신의 장난에 잠을 잘 수

가 없다."

그 차이가 무엇일까.
땅막과 무덤은 분명 하나의 장소인데,
어젯밤은 왜 번뇌가 없었고
오늘 밤은 왜 번뇌가 생겼을까.
그건 대체 무엇 때문일까.

궁리에 궁리를 거듭하지 않았을까요.
원효는 마침내 눈을 떴습니다.
그리고 대각(大覺, 큰 깨달음)을 이룹니다.
죽음의 공간인 무덤 안에서
원효는 오도(悟道, 진리를 깨달음)의 노래를 불렀습니다.

"마음이 나면 갖가지 법이 나고
(心生卽 種種法生)
마음이 멸하면 땅막과 무덤이 둘이 아니다
(心滅卽 龕墳不二)
삼계는 오직 마음이요, 만법은 오직 앎이라
(三界唯心 萬法唯識)

마음 바깥에 법이 없으니 무엇을 따로 구하리오.

(心外無法 胡用別求)"

원효는 깨달았습니다.

땅막 때문에 잠을 잘 잔 것도 아니고,

무덤 때문에 잠을 설친 것도 아니구나.

둘 다 마음 때문에 그리된 것임을

원효는 크게 깨쳤습니다.

이건 그저 땅막과 무덤에 국한되는

깨달음만은 아닙니다.

땅막과 무덤이 둘이 아님을 아는 순간,

번뇌와 보리(菩提, 깨달음의 지혜)가 둘이 아니고,

중생과 부처가 둘이 아님도 알게 됩니다.

그래서 원효에게는 그 모두가 통하는

마음 하나만 남습니다.

원효는 그걸 "일심(一心)"이라고 불렀습니다.

우리의 일상에도

온갖 파도가 칩니다.

슬픔과 기쁨, 괴로움과 즐거움의

파도가 수시로 몰아칩니다.

그때마다 우리의 삶은

출렁거립니다.

솟구쳤다 가라앉고, 솟구쳤다 가라앉으며

우리는 멀미를 합니다.

원효는 그 모든 파도가 실은

하나의 바다임을 깨쳤습니다.

슬픔의 파도든, 기쁨의 파도든

그게 실은 하나의 바다임을 깨달았습니다.

그리고 그걸 "일심(一心)"이라고 불렀습니다.

이제 아무리 희로애락의 파도가 몰아쳐도

원효의 바다는 그저 고요할 뿐입니다.

이쯤 되면 아쉬워하는 분들도 있습니다.
아니, 원효의 깨달음 일화에서
왜 해골 물 이야기가 안 나오지?
이런 물음표를 다시는 분들도 있습니다.

『송고승전』에는 땅막이 아니라 무덤임을 알고서 깨
쳤고,
『종경록』에는 시체 썩은 물을 마시고 깨쳤고,
『임간록』에는 해골에 고인 물을 마시고 깨쳤다고 돼
있습니다.

그런데 원효의 깨달음, 그 핵심은
해골바가지가있느냐, 없느냐에 있지는 않습니다.
쏟아지는 비를 피하고 곤히 잠을 청했던 평온한 마
음과
밤새도록 귀신 생각에 잠을 설쳤던 번뇌의 마음이
본질적으로 하나의 마음(一心)임을 깨달은 겁니다.
그게 원효의 깨달음입니다.

'일심(一心)'을 뚫은 원효는 달라집니다.
그는 소리에 놀라지 않는 사자가 되고,
그물에 걸리지 않는 바람이 됩니다.

왜냐고요?
그는
무덤과 땅막,
삶과 죽음,
그물과 바람이
둘이 아님을 깨쳤으니까요.

원효는 여덟 살 아래인 의상에게 말했습니다.
"나는 당나라로 가지 않겠다."
10년 넘는 세월을 기다렸던 당나라 유학을
원효는 기꺼이 포기합니다.
당나라 유학에서 얻고자 했던 걸
이미 얻었기 때문입니다.

의상은 배를 타고 당나라로 갔습니다.
훗날 당나라 유학에서 돌아온 의상은

신라 화엄종의 개조(開祖)가 됐습니다.

원효는 다시 신라의 서라벌(경주)로 돌아갔습니다.

9.

중국도 자존심 접고 극찬한
원효는 왜 참선 대신 춤을 췄을까

_____ #궁궁통1

원효 대사가 출가 전 속가(俗家)에 있을 때
성은 설씨(薛氏)였습니다.
그의 아버지는 설이금이었습니다.
그래서 원효의 아들 이름은 설총(薛聰)입니다.

『삼국유사』에는 원효 스님과 요석 공주의
이야기가 기록돼 있습니다.

원효는 저잣거리에서 이런 노래를 부르고 다녔습니다.
물론 당시의 신분은 출가한 승려였습니다.

"누가 내게 자루 없는 도끼를 주려나.
하늘 버틸 기둥을 다듬으려네."

경주 사람들은 그 노래가 무슨 뜻인지 몰랐습니다.
태종 무열왕이 그 뜻을 알아차렸다고 합니다.

당시 요석궁에는 과부가 된 공주가 있었습니다.
무열왕의 세 딸 중 하나였습니다.
사람들은 그를 "요석 공주"라 불렀습니다.
공주는 일찍이 김흠운이란 화랑과 혼인을 했으나,
남편이 백제의 조천성(助川城, 지금의 옥천)을 공략하는 전투에서
전사하고 말았습니다.

『삼국유사』에는 원효의 노래를 들은 무열왕이
"대사가 아마도 귀부인을 얻어 훌륭한 아들을 낳고 싶은 게다.

나라에 훌륭한 인물이 태어나면 그보다 더 큰 이익이 어디 있겠는가"라고
말했다고 기록돼 있습니다.

무열왕의 명을 받은 궁궐 관리들이 원효를 찾아나섰습니다.
원효는 마침 경주 남산에서 내려와 문천교를 지나고 있었습니다.
궁의 관리를 보자 원효는 일부러 다리에서 떨어져 물에 빠졌습니다.
관리들은 옷이 흠뻑 젖은 원효를 요석궁으로 데리고 갔습니다.
거기서 옷을 갈아입고 젖은 옷을 말리던 원효는
공주를 만나 요석궁에 머물렀습니다.
그리고 요석 공주에게 태기가 생겼다고 합니다.
그렇게 낳은 아들이 설총입니다.

저는 『삼국유사』의 기록 이면에
숨은 사연이 상당히 있을 거라 추측됩니다.
당시 원효는 과연 어떤 생각이었을까요.

만날 수만 있다면 밤을 새워

인터뷰라도 해보고 싶은 심정입니다.

그렇지만 역사서에 남아 있는 기록이 제한적이니

나머지는 물음표의 영역으로 남겨둘 수밖에 없습니다.

설총은 어려서부터 영리해

경서(經書)와 학문에 널리 통달했다고 합니다.

신라의 이두식 표기도 집대성했습니다.

장미(간신)와 할미꽃(충신)의 비유를 들며

신문왕에게 직언을 한 설총의 '화왕계'가 남아 있습니다.

나중에는 '신라 10현(十賢)'의 한 사람으로 꼽힐 정도였습니다.

원효의 말처럼 하늘을 받치는 대들보가 된 셈입니다.

_____ #궁궁통2

신라 사람들은 원효를 어떻게 바라봤을까요.

머리 깎고 출가한 스님이 계율을 어기고

여자를 만나 자식까지 낳았으니

그를 '실패한 스님'으로 보는 이들도 많았을 터입니다.

그렇지만 원효는 그리 간단한 인물이 아니었습니다.

당나라로 가는 배를 타기 직전에

무덤에서 "무덤과 땅막이 둘이 아니다. 삶과 죽음이 둘이 아니다"라는

깨달음을 얻은 원효는 이전과 다른 눈을 갖고 있었습니다.

의상과 헤어진 원효는 경주로 돌아와

분황사에 머물며 불교의 경전을 해석하기 시작했습니다.

'깨달음의 눈'을 갖춘 그에게는 전혀 어려운 일이 아니었습니다.

그저 깨달음의 세계를 기록해 놓은 불교 경전을

깨달은 안목으로 더 쉽게 풀어쓰면 되는 일이었습니다.

당시 『금강삼매경(金剛三昧經)』이란 불교 경전이 있

었습니다.

중국과 신라 땅에서 읽히고 있었지만,

누가 썼는지는 정확한 기록이 없습니다.

'금강(金剛)'은 너무도 단단해서 부서지지 않는 걸 뜻합니다.

부서지지도, 무너지지도, 소멸하지도 않는 진리를 가리킵니다.

'삼매(三昧)'는 그 진리 안에 머물 때의 본질적 고요를 말합니다.

파도가 아무리 높이 치솟으며 부서져도

바다 자체는 본질적으로 고요한 것처럼 말입니다.

원효 당대에도 그랬고, 지금도 그렇습니다.

『금강삼매경(金剛三昧經)』은 무지하게 난해한 책으로 통합니다.

깨달음의 세계를 깨닫지 않은 눈으로 풀려니까

어려울 수밖에 없습니다.

원효는 그 책에 주석을 달았습니다.

그 주석서의 이름은 처음에 『금강삼매경소(金剛三昧

經疏)』였습니다.

당시에는 신라 말을 모르는 중국 사람과
중국 말을 모르는 신라 사람의 즉자적 의사소통이
가능했습니다.
한문을 통해서입니다.
원효는 『금강삼매경소(金剛三昧經疏)』를 한자로 썼습
니다.
중국인은 별도의 번역을 거치지 않고
자기 나라말을 읽듯이 바로 읽을 수 있었습니다.

이 책은 중국에서 엄청난 파장을 일으켰습니다.
책을 본 중국인들은 놀라움을 금하지 못했습니다.
우선 원효의 수려한 명문장에 감탄했고,
그보다 더 빼어난 깨달음의 안목을 극찬했습니다.

급기야 부처의 경지에 비교되는 보살의 저서에나 붙
이는 '론(論)' 자를 『금강삼매경소(金剛三昧經疏)』에
붙였습니다.
그래서 중국인은 원효의 『금강삼매경소(金剛三昧經

疏)』에서
‘소(疏)’자를 떼고 ‘론(論)’자를 붙여
‘금강삼매경론(金剛三昧經論)’이라 불렀습니다.
그건 극찬 중에서도 최고의 극찬이었습니다.

세상의 중심이 중국이라 여기는 중국인들이
기꺼이 자존심을 꺾고서 극찬할 정도였으니
원효의 안목과 내공은 실로 대단한 경지였습니다.

분황사로 돌아온 원효는
무려 99부 240여 권에 달하는
방대한 저서를 남겼습니다.
안목도 독보적이었지만,
그 양만 해도 초인적 분량이었습니다.
이들 저서는 고려 중엽까지도 대부분
전해져 내려왔습니다.
그런데 조선 시대에 거의 없어졌습니다.
너무나 안타깝게도 지금은
20부 22권 정도만 남아 있습니다.

이 책들만 해도 원효의 깊이를 헤아리기에는
전혀 부족함이 없습니다.

_____ #궁궁통3

경주 분황사에서 불교의 온갖 경전을
깨달음의 눈으로 풀어내던 원효는
불현듯 붓을 꺾었습니다.
그리고 분황사를 떠나 저잣거리로 들어갔습니다.

원효는 방대한 불교 경전을 명쾌한 안목으로
충분히 풀어냈습니다.
이제 그는 민중의 삶 속으로 들어갔습니다.
원효는 밝음과 어두움, 높고 낮음을 가리지 않았습
니다.
천민의 마을이나 주막, 기생집도 마다치 않았습니다.
다만 '사람'을 만날 뿐이었습니다.

시장통에서 노래도 부르고, 춤도 추었습니다.
그런 원효를 전쟁고아들은 따라다니고,
원효는 또 그들에게 쉬운 말 몇 마디로
불교의 심장을 전했을 터입니다.
글을 읽을 줄도, 쓸 줄도 모르는 이들에게는
"나무아미타불"을 계속 염하도록 했습니다.
그걸 통해 그들에게 '일심(一心)'을 전하려 했습니다.

_____ #궁궁통4

원효의 행동은
출가자로서 너무나 파격적이었습니다.
독신 수도승이 여자를 만나
아이까지 낳았으니 말입니다.

원효는 자식을 숨기고 "으흠" 하고 뒷짐 진 채
아무 일도 없다는 듯이 살지 않았습니다.
스스로 '파계승'임을 세상에 고백했습니다.

그리고 승복도 벗었습니다.

세속의 서민들이 입는 옷으로 갈아입고

자신을 가리켜 "소성 거사(小姓 居士)"라고 낮추어 불

렀습니다.

그리고 원효는 민중 속으로 들어갔습니다.

당시 신라 불교는 귀족 중심의 불교였습니다.

우리말은 있었지만, 우리 글자는 없던 시대였습니다.

그나마 한자를 빌려 이두식 표기를 하는 식이었습니다.

그러니 한문으로 된 어려운 불교 경전과 교리를

일반 백성은 알 수가 없었습니다.

중세 유럽에서 라틴어로만 돼 있던 기독교 성경을

평신도들이 읽을 수 없던 것과 마찬가지입니다.

원효 당시는 삼국이 통일 전쟁을 거듭하며

숱한 전쟁고아와 과부, 전사자들이 속출하던 시대였

습니다.

원효는 어려운 불교의 핵심을 쉽게 간추려

글을 모르는 민중에게 건넸습니다.

그렇게 인생의 위로, 시대의 위로,

생사를 넘어설 수 있는 진리의 나침반을 건넸습니다.

그 방식도 파격적이었습니다.
어느 날 원효는 저잣거리에서 놀던 광대에게서
큼지막한 박을 하나 얻었습니다.
그는 그 박을 두드리며 춤을 추고 노래를 불렀습니다.
그 춤이 '무애춤'이고, 그 노래가 '무애가'입니다.

무애(無碍), 걸림이 없다는 뜻입니다.
원효는 그렇게 걸림 없는 춤, 걸림 없는 노래를 불렀습니다.
그게 원효의 삶이었습니다.

초기 불교 경전인 『숫타니파타』에는 유명한 게송이
있습니다.

　　"소리에 놀라지 않는 사자와 같이
　　　그물에 걸리지 않는 바람과 같이"

깨닫기 전에는 번뇌가 그물입니다.

우리는 자꾸만 그 그물에 걸립니다.

그래서 앞으로 나아가질 못합니다.

거기에 갇혀서 허우적거립니다.

원효는 달랐습니다.

번뇌 자체가 빈 몸임을 깨쳤습니다.

그물도 빈 그물임을 깨쳤습니다.

그래서 원효는 바람이 됩니다.

더이상 그물에 걸리지 않는,

자유로운 바람이 됩니다.

무애의 삶, 그게 원효의 삶이었습니다.

_____ #궁궁통5

원효의 사상은 한 마디로 '일심(一心)'입니다.

세상 모든 마음이 일심(一心)에서 나오고,

다시 일심(一心)으로 돌아간다고 했습니다.

그래서 마음과 마음이 서로 통할 수 있다고 했습니다.
원효는 그걸 "화쟁(和諍)"이라고 불렀습니다.

어찌 보면 지금 대한민국에 가장 절실한 정신입니다.
우리는 일제 강점기와 한국전쟁,
산업화와 민주화 과정을 거치면서 깊은 상처를 입었
습니다.
지금도 그 상처를 고수하며 진영을 쪼개고 있습니다.
나의 진영이 하는 모든 일은 선(善),
상대방 진영이 하는 모든 일은 악(惡)으로 여깁니다.
그래서 소통이 없습니다.
대화와 타협도 없습니다.

그런 우리에게 원효는 말합니다.
소통하라고,
회통(會通)하라고,
진영으로 쪼개지기 전에 우리 민족이 공유했던
일심(一心)으로 돌아가라고,
그렇게 화쟁(和諍)하라고 말합니다.

원효는 신문왕 6년(686년)에 경주 혈사(穴寺)에서 입적했습니다.

당시 세수는 70세였습니다.

신라 조정은 서당화상탑비를 세우고,

비문에서 원효의 화쟁 사상을 칭송했습니다.

고구려·백제·신라로 갈라져 싸우다

삼국통일을 이룬 당대에

가장 절실한 시대정신은 '화쟁(和諍)'이었습니다.

상처를 치유하고,

함께 앞으로 나아가는 일이었습니다.

지금 이 땅에서도

여전히 유효한

시대 정신입니다.

결국, 잘 흘러갈 겁니다

초판 1쇄 2023년 9월 8일

지은이 | 백성호

발행인 | 박장희
부문대표 | 정철근
제작총괄 | 이정아
편집장 | 조한별
기획 | The JoongAng Plus

표지 · 내지 디자인 | 여만엽

발행처 | 중앙일보에스(주)
주소 | (03909) 서울시 마포구 상암산로 48-6
등록 | 2008년 1월 25일 제 2014-000178호
문의 | jbooks@joongang.co.kr
홈페이지 | jbooks.joins.com
네이버 포스트 | post.naver.com/joongangbooks
인스타그램 | @j__books

ⓒ백성호, 2023

ISBN 978-89-278-8000-4 03810